아직은
좋아서 하는
편집

아직은
좋아서 하는
편집

최은경 지음

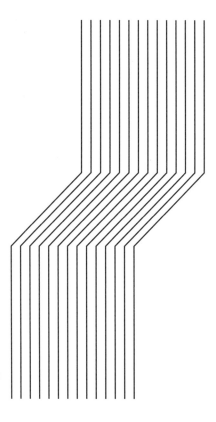

오마이북

우리는 매일 편집을 하며 산다. 다만 느끼지 못할 뿐이다. 출근길 커피를 주문하는 모습을 한번 떠올려보자. "고객님, 주문하시겠습니까?" 이 한마디에 머릿속은 빠르게 돌아간다. 메뉴판에서 커피 종류와 가격을 확인하고 사이즈를 고른다. 크림을 올릴지, 시럽을 넣을지, 샷을 추가할지, 포장해서 가져갈지, 빨대가 필요한지 등을 결정한다.

'오늘은 할 일이 많으니 단 거 먹고 힘내야지. 바쁜 날은 화장실 가기도 귀찮으니까 작은 사이즈로 하자.' 마음이 정해지면 나머지는 일사천리. 톨 사이즈에 크림을 올리고, 테이크아웃으로 주문 완료. "빨대는 괜찮습니다." 주문을 마침과 동시에 편집도 끝난다. 편집은 선택이기 때문이다.

편집은 '일정한 방침 아래 여러 가지 재료를 모아 신문, 잡지, 책 따위를 만드는 일. 또는 영화 필름이나 녹음테이프, 문서 따위를 하나의 작품으로 완성하는 일'을 말한다. 취할 것은 취하고 버릴 것은 버려서 필요한 것만 남기는 일이다.

회사에서 보고서를 쓰거나 이메일을 쓸 때, SNS에 글을 올리거나 문자 메시지를 보낼 때도 그렇다. 고심해서 첫 문장을 시작하고 맞춤법이나 띄어쓰기에 주의해서 글을 쓴다. 본론이 길어지면 중간중간 문단을 나누고 사진을 넣는다. 업로드를 하기 직전 신중하게 제목을 단다. '좋아요'나 팔로워 숫자를 늘릴 수 있는 해시태그를 넣는 일도 빠뜨릴 수 없다. 이런 행위들이 모두 다 편집이다. 편집은 이처럼 우리 일상 곳곳에 숨어 있다. 따지고 보면 우리는 모두 저마다의 편집을 하고 사는 셈이다.

2003년 5월 내가 편집기자로 오마이뉴스에 입사했을 때 주변 사람들은 호기심 가득한 눈빛으로 물었다. "편집기자? 편집기자는 무슨 일을 하죠?" 그때는 이 일을 10년쯤 하면 편집기자가 어떤 일을 하는 사람인지 한 문장으로 정리할 수 있을 줄 알았는데…… 아니었다.

하면 할수록 어려운 게 이 일이었다. 적응이 좀 된다

싶으면 다시 100미터쯤 멀어지게 하는 사건들이 생겼다. 나에게 편집에 대한 특별한 재능이 있어 보이지도 않았다. 이일을 계속해야 하나 고민이 커질 무렵, 내 글을 쓰기 시작했다. 글을 쓰면서 내 삶이 조금 바뀌었다. 일도 더 잘하고 싶어졌고, 내 일의 의미에 대해서도 더 잘 알게 되었다.

더 늦기 전에 "아직은 좋아한다"고 말할 수 있는 내일을 정리해보고 싶은 마음이 들었다. 편집 일을 한 지 10여년이 지났는데 편집기자로서 해놓은 게 별로 없다는 생각이 자주 들었기 때문이다.

그래서 처음 쓰기 시작한 글이 오마이뉴스 연재기사 〈땀나는 편집〉(2013년)이다. "편집 원칙이 뭐죠?"처럼 시민기자들이 자주 하는 질문을 사례로 들어 기사를 썼다. 일종의 기사 쓰기 매뉴얼로 시민기자들이 기사를 쓰는 데 도움이 되는 정보를 주려고 했다. 이 작업은 나에게도 의미 있는 일이 될 것 같았다. 내가 하고 있는 일이 구체적으로 어떤 일인지 스스로 정리할 시간이 되어주니까. 시민기자들이 궁금해하는 것들을 구체적으로 알려주면 시민기자들은 더 좋은 기사를 쓸 수 있고, 편집기자인 나는 좀 더 나은 편집을 할 수 있지 않을까 기대하는 마음으로 글을 썼다.

〈아직은 좋아서 하는 편집〉(2019년)은 〈땀나는 편집〉의 시즌 2라고 할 수 있다. 그 사이 《짬짬이 육아》와 《이런 질문, 해도 되나요?》(공저) 이렇게 두 권의 책을 낸 저자가 되었지만 편집기자로 살아가는 내 일에 대해 쓰고 싶은 마음은 여전히 남아 있었다. 글을 읽는 사람 혹은 글을 쓰는 사람이 공감할 수 있는 이야기를 하고 싶었다. 오마이뉴스 편집기자가 무슨 일을 하는지, 시민기자가 어떤 활동을 하는지 궁금한 사람들에게도 도움이 되고 싶었다. 그래서 쓴 글이 연재기사 〈아직은 좋아서 하는 편집〉이다.

다른 사람이 쓴 글을 다루는 직업은 다양하다. 출판사 편집자, 기업의 사보 책임자, 회사 공식 SNS 운영자, 정책 홍보를 담당하는 공무원, 외부 기고를 받아 콘텐츠를 만드는 사람들, 학교 안과 밖에서 글쓰기를 지도하는 교사들까지 모두가 편집이 필요한 일을 한다. 그들도 나와 비슷한 고민을 하며 일하지 않을까 생각했다. 매일 편집을 하는 나의 이야기가 이들에게 전해졌을 때 고개를 끄덕일 만한 공감 포인트가 있기를 바란다.

글을 읽고 편집하는 사람들뿐 아니라 글을 쓰는 사람들에게도 도움이 되면 좋겠다. 제안서를 쓰거나 행사 자료집을 만들거나 보도자료를 작성하는 것처럼 자신이 쓴 글을 누군가에게 보여줘야 하는 사람들이 있다. 직업이나 일이 아니더라도 내가 쓴 글을 다른 이들과 나누고 싶은 사람들도 많다. 이들에게 개인의 일상을 어떻게 쓰면 독자의 공감을 얻는 좋은 글이 되는지, 에세이와 기사는 어떻게 다른지 말해주고 싶었다.

이 책은 '일잘러'의 완성형 이야기가 아니다. 그보다는 오늘도 내일도 뭐라도 한번 해보려는 '도전러'의 좌충우돌 성장기에 가깝다. '이 일을 언제까지 해야 하나?'를 고민할 때는 작은 것들이 그저 작게만 보였다. 하지만 '이 일을 언제까지 할 수 있을까?'를 고민하게 되면서 작은 것들이 크게 보이기 시작했다. 누군가의 눈에는 소소하고 시시하게 들릴 법한 '사는 이야기'들이 나에게는 타인의 삶을 이해하는 데 필요한 마중물이 되었다.

19년 차 편집기자로 살고 있지만 지금도 나는 여전히 시민기자들이 쓴 글을 기사로 만드는 이 일이 좋다. 새롭거나 뭉클하거나 재밌거나 유익한 글을 만나면 설렌다. 더 많은 사람들이 읽고 공유했으면 하는 마음으로 글을 다듬고 제목을 뽑는다. 시민기자들과 소통하면서 일하는 데 필요한 영감을 자주 얻는다. 한 우물을 파면서도 고이지 않고, 늘 새로운 것을 시도하게 만드는 사람들과 함께하는 이 일이 아직은 좋다.

늘 기쁘고 행복한 시간만 있는 것은 아니었다. 그래도 안 좋은 경험보다 좋은 일이 훨씬 많았다. 그래서 읽고 쓸 수 있었다. 19년이라는 시간을 거쳐 한 권의 책이 나오기까지 고마운 사람들이 너무 많다. 그중에서도 긴 시간을 함께해온 동료들과 시민기자들이 있어 계속 이 일을 하고 있다는 사실에는 한 치의 의심도 없다. 이 책의 처음과 끝을 관통하는 나의 일관된 진심이다.

지금은 편집 중

사는 이야기가 글이 될 때

읽고 쓰는 삶은 계속된다

지금은 편집 중

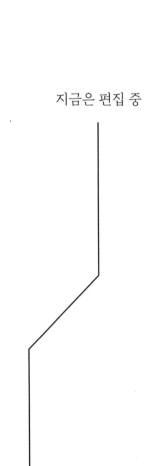

작은 이야기에서 삶을 배우다

사내 인사이동이 있었다. 사회부 기자였던 후배가 편집기자로 발령을 받았다. 어느 날 퇴근 무렵 그 후배가 게시판에 쓴 짧은 글을 읽게 되었다. 그중 인상 깊은 문장이 하나 있었다.

"시민기자들이 쓴 기사를 잘 살리고 싶은데, 오늘은 제가 저승사자가 된 기분이에요."

기사로 채택하지 못한 글이 많았다는 뜻이다. 표현이 재밌기도 하고 너무 공감이 가서 슬며시 미소가 지어졌다. 시민기자가 보내온 글을 검토한 뒤 편집기자가 할 수 있는 판단은 보통 다음 네 가지 중 하나다. 분명한 메시지, 구체적인 사례, 탄탄한 문장 등 누가 봐도 잘 썼다고 할 수 있기에 주요 기사가 될 수 있는 글, 별문제 없이 무난하게 기사로 채택할 수 있는 글, 수정과 보강을 거치면 기사가 될 수 있는 글, 기사로 채택할 수 없는 글.

이 중에서 편집기자인 나의 성취감을 가장 끌어올리는 글은 무엇일까? 검토를 완료한 뒤 내가 1밀리미터라도 성장했다는 기분이 들게 하는 것은 바로 '원본으로는 부족하지만 특정 내용을 보강하면 좋은 기사가 될 수 있는 글'이다. 기사가 되기엔 뭔가 부족하지만 이것을 시민기자와 논의하고 보완해 기사로 완성시켰을 때, 특히 '채택'과 '비채택' 사이에서 고민하던 글을 완성도 있는 하나의 기사로 편집해냈을 때 그 기쁨은 몇 배 더 크다.

　고민 끝에 완성된 기사들이 섬네일과 함께 메인 화면에 배치되고, 많은 독자들에게 공감을 얻으며 공유될 때 내가 느끼는 만족감은 그 글을 쓴 시민기자 못지않다. 내가 직접 취재하고 기사를 쓴 건 아니지만, 이 작은 언론사에서 시민기자들의 기사로 세상이 미세하게나마 변하고 사람들의 마음이 조금이라도 움직이는 것을 목격하는 과정은 굉장히 흥분되는 일이다.

　잘 쓴 글의 첫 번째 독자가 되는 즐거움도 크다. 어떻게 좀 더 잘 '포장'해서 독자들에게 내놓을까, 고민하게 만드는 글을 만나면 참 좋다. 오마이뉴스 기자회원으로 가입한지 얼마 되지 않은 시민기자가 이런 글을 보내오면 '좋은 필자를 찾았다!'는 흥분까지 더해진다. "기자님, 왜 이제야 오신 거예요!"라는 혼잣말이 절로 튀어나온다. 글을 잘 쓰는 사람들을 보면 너무 설렌다. 기대가 된다. 그가 다음에 써서 보낼 글의 내용이 궁금해진다. 계속해서 다음 무대가 보고 싶어지는 멋진 가수를 만난 것 같다. 편집기자 일을 하지 않았다면 내가 어디서 이런 분들을 만나볼 수 있을까.

　　나는 특히 '사는 이야기'에서 내 일과 생활에 자극을 받을 때가 많다. 누군가 "책에서 삶의 위안을 얻는다"고 말할 때, 내가 떠올리는 것은 '사는 이야기'였다(책 읽을 시간이 없다면 오마이뉴스 '사는 이야기'를 구독하세요!). 시민기자들이 자신의 일과 삶 속에서 사유하고 성찰한 그 수많은 글을 꼼꼼히 읽으면서 '내 삶은 지금 어떻지?', '나는 과연 잘 살고 있는 걸까?' 돌아보는 시간이 많았다. 매일 삶을 배웠다고 해도 과언이 아니다. 일과 사람에 치이는 게 인생이라는데, 나는 일을 하면서 치이기도 하지만 동시에 위로와 응원을 받는 기분이었다.

　내가 생각하는 내 일의 의미가 언제나 하나로 고정되어 있던 것은 아니다. 처음부터 이 일의 의미를 따져가며 일한 것도 아니었다. 하지만 내 일의 의미를 어떻게 정의하느냐에 따라 일을 대하는 나의 태도가 달라졌다. 성장의 기회도 되었다가 도전할 수 있는 기회도 되었다. 돌아보건대 나는 그랬다. 그 과정에서 나에게 시시때때로 좋은 영감을 주는 사람들이 바로 시민기자였다. 시민기자들의 글에 저절로 감사한 마음이 들었다. 그래서 아직은 이 일이 좋다.

　지금의 나는 어쩌면 '사는 이야기'들의 총합일지도 모르겠다. 하루 9시간, 19년을 '사는 이야기'와 함께했으니 전혀 틀린 말은 아닐 것이다. 나의 일상과 우리의 삶에 대해 생각할 거리를 매일 던져주는 '사는 이야기'는 자세히 보아야 보이는 글이다. 들릴 듯 말 듯 작게 들리고 보일락 말락 겨우 보이는 이야기다. 세심하게 들여다보지 않으면 아는 사람보다 모르는 사람이 더 많은 그런 이야기다. 그런데도 나는 그 어떤 뉴스보다 이 작은 이야기에 마음이 쓰인다. 그 이야기를 남보다 더 잘 듣고 싶다. 그 글에 담긴 의미를 하나라도 더 찾아서 독자들에게 잘 전하고 싶다. '사는 이야기'를 쓰는 사람에게 더 관심이 가는 것은 아마도 이런 마음 때문일 것이다. 할 수만 있다면 그들의 이야기를 더 많은 사람들에게 전하고 싶다.

시민기자와 편집기자

"편집기자는 오자나 탈자를 고치는 사람 아닌가요? 교정·교열하는 거 맞죠?"

내 직업을 '편집기자'라고 소개할 때마다 자주 듣는 말이다. 출판 편집자나 신문사에서 일하는 디자이너로 오해하는 경우도 있지만 대체로 편집기자에 대한 가장 흔하고 일반적인 이미지는 글을 다듬고 오탈자를 수정하는 등 교정·교열을 담당하는 사람일 것이다.

그렇다면 언론사에서 일하는 편집기자는 어떤 업무를 할까? 편집기자가 하는 일 중에 교정·교열이 있는 것은 맞지만 그것이 전부는 아니다. 교정·교열은 좁은 의미의 편집에 해당하며 넓은 의미의 편집은 '기획'과 '취재'의 역할까지 포함하는 것을 말하기 때문이다.

매체에 따라 다를 수 있지만 편집기자의 업무 가운데 가장 중요한 일 중 하나는 '기사 제목을 뽑는 일'이다. 취재기자가 작성한 기사에 어떤 제목을 달면 좋을지 고민하는 일은 언론사 편집기자라면 누구도 피할 수 없다. 어떤 제목을 뽑아야 독자들이 호기심을 갖고 볼까? 독자들의 눈을 사로잡을 만한 더 나은 표현은 없을까? 이 제목이 최선일까? 매 순간 고민하지 않을 수 없다.

편집기자는 신문의 각 지면이나 홈페이지 메인 화면에 기사를 배치하는 일에도 관여한다. 어떤 기사를 어느 위치에 어떤 방식으로 배치할지 각 부서의 부서장인 데스크와 상의해 결정한다. 이때 기사의 중요도, 시의성, 제목, 사진, 그래픽 등도 고려의 대상이다. 그날 신문 또는 메인 화면에서 가장 중요한 기사의 배치는 편집국장(내가 일하는 오마이뉴스에서는 '본부장'이라는 호칭을 쓴다), 사진부장, 편집부장을 비롯해 사회부, 정치부, 경제부, 국제부 등 각 분야의 기사를 책임지는 데스크와 상의해서 결정한다.

1990년대 후반 인터넷이 활성화하면서 종이 신문을 발행하지 않는 인터넷 뉴스 매체가 생기기 시작했다. 초기의 온라인 신문은 종이 신문을 발행하는 기존 신문사들이 자사의 신문 기사를 웹상에 올리는 정도였다. 그런데 오마이뉴스(2000년 창간), 프레시안(2001년 창간) 등 온라인으로만 볼 수 있는 매체가 생겨나면서 미디어 지형은 전혀 다른 생태계를 맞게 된다. 여기에 네이버, 다음 등 포털 사이트에서 뉴스를 서비스하기 시작하면서 언론사 사이트를 방문하지 않고도 간편하게 기사를 볼 수 있게 되었다. 이후 언론사가 신문을 제작하는 방식도, 독자들이 뉴스를 보는 방법도 급격히 달라지기 시작했다.

오마이뉴스는 2000년 2월 22일 오후 2시 22분, '모든 시민은 기자다'라는 슬로건을 내걸고 창간했다. 오연호 대표기자를 포함해 상근 직원 네 명이 전부였던 초창기 오마이뉴스에서는 취재기자가 편집기자였고, 편집기자가 취재기자였다. 당시 취재기자들은 취재를 하고 기사를 쓰는 일뿐만 아니라 틈틈이 시민기자들이 보내온 글을 편집하기도 했다. 편집기자들은 대부분 사무실에서 내근을 하며 상근 취재기자나 시민기자들이 쓴 기사를 편집했지만 필요할 때는 직접 취재를 하고 기사를 쓰기도 했다.

2003년 오마이뉴스는 편집의 전문성을 높이고 시민기자 제도를 활성화하기 위해 조직 개편을 고민하게 된다. 상근 취재기자들이 쓴 기사 검토를 전담하는 '편집부'와 시민기자(당시에는 '뉴스게릴라'라는 표현을 많이 사용했다)들이 쓴 기사를 검토하고 조직하는 제2의 편집국 '뉴스게릴라본부'를 나누어 운영하는 것이 골자인 개편안이었다.

　　회사는 이를 위해 시민기자 관련 업무를 담당할 내부 인력을 충원하기로 했다. 2003년 4월, 오마이뉴스 구성원들이 업무를 공유하고 소통하는 내부 게시판에는 '새로 입사할 편집기자가 해야 할 일'이 다음과 같이 구체적으로 정리되어 있었다.

　　　— 기자클럽(영화, 여행, 사는 이야기 등으로 전문 분야를 나눈 시
　　　　민기자 그룹) 기자들의 기사 검토와 편집
　　　— 클럽 기자와 상근 기자 사이 다리 역할
　　　— 클럽 기자들에게 취재 요청

— 클럽 기자들의 요청을 편집국에 전달

오마이뉴스에서 이런 업무를 담당할 편집기자를 채용하면서 당시 시민기자였던 내가 원서를 넣었고, 그해 5월 12일 오마이뉴스에 입사했다. 왜 나였을까? 아마도 시민기자로 활동해온 내 경험이 적지 않은 영향을 끼쳤을 것이다.

나는 오마이뉴스가 창간된 2000년부터 대학생 시민기자였고, 2001년 졸업 이후에는 직장인 시민기자로 활동했다. 그러면서 자연스럽게 오마이뉴스 편집기자들과 자주 소통하고 만나왔다. 당연히 오마이뉴스 편집기자들이 어떤 일을 하는지, 시민기자 제도가 어떻게 운영되고 있는지 조금은 알고 있었다.

시민기자가 쓴 글을 검토해서 기사로 완성하는 '오마이뉴스 편집기자'는 내가 생각하기에, 보통의 언론사 편집기자와는 차별화되는 '특수한' 직군이다. 교정·교열 등 글을 다듬는 일과 기사 제목을 뽑는 일뿐만 아니라 시민기자들이 자신의 전문 영역에서 멋지게 활동할 수 있도록 도움을 주는 역할도 하기 때문이다.

내가 입사하고 한 달쯤 지났을 무렵, 오연호 대표기자는 편집부와 뉴스게릴라본부를 분리해 운영하는 조직 개편을 발표했다. 편집부가 상근 기자인 내부 취재기자의 글을 검토하고 기사 배치를 책임진다면, 뉴스게릴라본부는 시민기자의 기사를 검토하고 시민기자를 발굴하는 데 주력했다. 오마이뉴스는 시민기자 제도를 제대로 뿌리내리고 키우기 위해 온 힘을 기울였다.

그렇게 나는 오마이뉴스 편집기자가 되었다. 그 후 19년이라는 긴 시간 동안 일하면서 회사 내 부서 상황에 따라 혹은 내 의지에 따라 메인 업무가 조금씩 바뀌기도 했다. 어떤 때는 기사를 검토하는 일이 대부분이었고, 어떤 때는 시민기자 조직 업무에 더 힘쓰기도 했다. 다른 편집기자들이 검토를 끝낸 기사를 메인 화면에 배치하거나 시민단체 등과 협력해서 기획 기사를 만드는 일을 전담하기도 했다.

하지만 그 시간 동안 변하지 않은 것이 딱 하나 있다. 어느 부서에서 어떤 일을 하든 '시민기자'와 상관없는 일은 없었다. 나의 일은 언제나 시민기자와 함께였다.

이 기사, 누가 봤지?

시민기자들이 쓴 기사를 편집하고 다양한 분야의 시민기자들을 조직하고 관리하는 오마이뉴스 뉴스게릴라본부. 이곳에서 만난 선배들은 이력도 다양했다. 처음부터 편집기자 출신인 선배도 있었고 언론 분야가 아닌 전혀 다른 쪽 일을 하다가 편집기자로 온 선배도 있었다. 하지만 과거에 어떤 일을 했든 이제 한배를 타게 되었다는 사실은 같았다. '모든 시민은 기자다'라는 슬로건으로 만들어진, 이전에는 없었던 새로운 인터넷 매체라는 배 말이다.

'시민참여 저널리즘'이라는 지향점은 분명했지만, 이것을 어떻게 성공적으로 구현할 것인지는 우리 모두가 함께 풀어야 할 과제였다. '시민기자가 직업기자처럼 취재와 기사 쓰기를 잘할 수 있을까?' 혹은 '시민기자가 팩트 체크를 제대로 할 수 있겠어?' 하는 주변의 의심과 우려 또한 불식해나가야 했다.

그래서였을까. 누구의 지시와 간섭을 받지 않고 눈치도 보지 않는 시민기자의 글을 편집해서 기사의 형태로 완성하는 과정은 늘 긴장의 연속이었다. 직업기자가 아니라는 이유만으로 '어딘가 부족할 거야' 하는 시민기자에 대한 막연한 편견을 조금이라도 없애기 위해서는 편집기자의 역할이 중요했다. 시민기자들이 쓴 기사에서 장점은 장점대로 부각시키고, 단점은 보완할 수 있는 방법을 찾아 완성도 높은 기사로 탈바꿈시켜야 했다.

가보지 않은 길을 가는데 시행착오가 있는 것은 당연했다. 입사 초기 '편집비망록' 기록을 보면 하루하루가 사건 사고의 연속이었다. '편집비망록'은 오마이뉴스 편집기자들이 업무를 공유하고 소통하는 내부 게시판이다. 당시 기록을 보면 시민기자 기사 검토 단계에서 미처 확인하지 못한 표절이나 저작권 위반 문제, 팩트 체크가 제대로 이뤄지지 않은 경우, 명예훼손 논란 등등 각종 이슈들을 확인할 수 있다.

"이 기사, 누가 봤지?" 하고 선배가 묻기라도 하면, 혹시 내가 검토한 기사에 문제가 있는 건가 싶어 잔뜩 주눅이든 채로 고개를 들지 못했다. 시민기자든 누구든 나를 찾는 전화가 올 때도 그랬다. 이유 없이 늘 긴장이 되었다.

　예민한 이슈를 다룬 기사를 검토할 때 선배들은 내가 미처 생각하지 못한 부분까지 확인하곤 했다. "이 부분, 팩트 체크한 거야? 관련 기사들은 찾아봤어?", "이 주장의 근거는 뭐야? 기사에 관련 내용이 없으면 시민기자에게 물어보든가 찾아보고 확인해서 넣어야지", "이 통계 결과는 언제 어디서 조사한 걸 인용했는지 시민기자에게 물어봤어? 이런 부분은 편집기자가 챙겨야지. 확인도 안 하면 어떡해?" 이런 이야기를 듣는 날이면 내 표정은 잔뜩 굳어버렸다. 좋으면 좋은 대로 안 좋으면 안 좋은 대로 감정이 얼굴에 고스란히 드러나는 편이라 더 그랬다.

　실수를 하지 않으려고, 실수를 반복하지 않으려고 애썼다. 그러나 불행히도 이런 내 마음과는 별개로 사건 사고는 계속 생겼다. 머피의 법칙(일이 원하는 방향으로 풀리지 않고 갈수록 꼬여만 가는 현상)이 나를 피해가는 일도 생기지 않았다. '사람이 하는 일인데 실수할 수도 있지.' 애써 스스로를 위로해보지만 변명이 될 수 없다는 것은 그 누구보다 내가 제일 잘 알았다. 그럴 때마다 나는 마음 한구석 무너지는 자존감을 붙잡아 어떻게든 끌어올려야 했다. 그러지 않으면 일이 잘 되지 않았다. 아직 업무에 적응이 되지 않았을 때는 매일이 살얼음판을 걷는 기분이었다. 시민기자 입장에서 지켜봤던 편집기자의 일과 내가 직접 경험한 편집기자의 일은 전혀 달랐다.

　　마음이 많이 지친 날이면 내가 하는 모든 판단에 자신이 없어지기도 했다. 아침에 눈을 뜨면 생각했다. '내가 이 일을 왜 해야 하지?' 이런 날에는 회사에 1분도 먼저 들어가고 싶지 않아서 주변을 빙빙 돌다 엘리베이터에 오르곤 했다.

　　나의 이런 방황과는 상관없이 시민기자들은 정말 많은 기사를 보내왔다. 출근해서 컴퓨터를 켜면 전날 밤부터 새벽까지 들어온 기사들이 잔뜩 쌓여 있었다. 어쩜 이렇게 잘 썼는지 감탄하게 되는 기사부터 글쓰기 훈련이 좀 더 필요해 보이는 기사까지, 글의 상태는 천차만별이었다. 스트레이트 기사(객관적 정보만 정확하게 전달하는 기사)부터 주장이 담긴 기사, 편지 형태의 기사, 인터뷰, 르포 기사(현장을 충실하게 묘사하고 기록하는 기사), 리뷰(비평, 평론), 소설, 만평, 만화 등 형식도 다양했다.

　　시민기자들이 기사를 쓰는 장소도 예측 불가였다. 서울, 제주, 부산, 광주뿐만 아니라 미국, 프랑스, 일본, 브라질 등 해외에 거주하는 시민기자들도 많았다. 한마디로 시민기자들은 정해진 '마감' 시간이 없는 기자들이었다. 24시간 기사가 들어왔다. 편집기자들이 퇴근한 뒤에도 검토를 기다리는 수많은 기사들이 시간 순서대로 차곡차곡 쌓였다.

　　입사 후 몇 년 동안은 시민기자들이 하루에 등록하는 기사 수가 평균 150건을 넘었다. 시민기자들의 열정적인 활약에 고무되던 시절이었지만, 10명 내외의 편집기자 입장에서 보자면 적은 인원으로 많은 기사를 검토해야 하는 고

된 노동의 시간이기도 했다. 오죽하면 편집기자들이 '하루 종일 컨베이어 벨트 위에 올라타 있는 기분'이라는 우스갯소리를 했을까. 누가 강제로 시킨 것도 아닌데, 정말 열심히 일하던 시절이었다.

지금도 그렇지만 특히 초창기 편집기자들의 목표는 시민기자가 보내온 글을 하나라도 더 완성도 있게 편집해서 기사로 내보내는 일이었다. 충분히 기사로 채택할 수 있겠다고 판단해서 검토를 시작한 글은 반드시 기사로 완성시켜야 한다는 압박감이 컸다. 기사 가치는 충분히 있는 글인데 '비문이 너무 많아서 기사로 채택하기 어렵다'고 판단한다면? 이런 사유는 나 스스로도 그렇고 선배들이 보기에도 용납되기 어려웠다. 설사 다시 쓰는 한이 있더라도 어떻게 해서든 기사로 완성시켜야 유능한 편집기자로 인정받는다고 생각했다.

외과 의사가 수술을 잘해야 인정받는 것처럼, 그때는 나도 편집을 잘해서 유능한 편집기자라는 말을 듣고 싶었다. 텔레비전에서 의학 드라마를 볼 때면 내가 하는 이 편집 일이 자주 연상되었다. 의사가 단 한 명의 생명이라도 더 살 리기 위해 애쓰는 것과 편집기자가 하나의 기사라도 더 '살 리기' 위해 노력하는 것이 다르지 않아 보였다. 환자의 상태 를 보고 진단을 내리는 의사에게서 글의 내용을 보고 기사 가 될 만한지 아닌지를 판단하는 내 모습이 오버랩되었다. 수술을 통해 환자가 회복되는 것을 보면서 보람을 느끼는 의사와 글을 꼼꼼하게 수정하고 보강해서 하나의 완성된 기사로 편집하면서 뿌듯해하는 내가 겹쳐 보였다. 환자가 잘못되어 자책하는 의사의 모습에서는 초기 판단을 잘못해 서 결과적으로 기사를 죽인 상황을 만들었을 때의 내가 생 각났다. 내가 일을 잘했다면 더 많은 독자들이 볼 수 있는 기사가 되었을 텐데…… 이럴 땐 누구보다 시민기자에게 가 장 죄송한 마음이 들었다.

하나의 기사라도 더 살리기 위해 안달복달하던 초창 기 편집기자 시절을 꽤 오래 지난 지금, '완성도 높은 편집'

에 대한 나의 기준도 조금은 달라졌다. 과거에는 기사의 처음부터 끝까지 모든 과정을 내가 책임져야 한다고 생각했다면 이제는 시간이 좀 걸리더라도 시민기자와 소통하는 과정에 더 중점을 두면서 일하게 되었다.

크게 문제가 되지 않을 정도의 수정이라면 시민기자와 상의하지 않고 편집하는 경우도 있다. 이때는 반드시 그 수정의 근거와 이유를 내부용 기록으로 남겨둔다. 만약 기사의 많은 부분을 고쳐야 하는 상황이라면 반드시 편집 전후로 달라진 기사 내용을 보여주고 시민기자의 동의를 구한다.

독자들이 기사를 읽는 데 불편함이 없도록 비문이나 오탈자가 없는지 확인하고, 기사의 주제에서 벗어난 불필요한 단락은 들어내고, 관점이 분명하지 않거나 논리적인 근거가 부족한 경우에는 내가 이해한 게 맞는지 시민기자에게 확인하고, 주제를 더 선명하게 드러낼 수 있는 문장이나 문단을 추가할 때도 있다. 다른 신문이 보도한 사안이나 각종 통계 등을 보강해서 더 좋은 기사가 될 수 있다고 판단 되면 관련 내용을 추가하기도 한다. 기사에 적절한 사진을 넣는 일도 빼놓을 수 없다. 이 모든 일이 기사의 완성도를 높이기 위한 편집의 과정이다.

이런 일련의 과정을 무수히 반복하면서 깨달은 점이 있다면 편집기자로서 내가 할 수 있는 최선은 기사 내용에 오류 없이, 최대한 시민기자가 쓴 원문을 살리면서, 독자들이 읽기 편한 문장으로 이해하기 쉽게 글을 다듬는 것이다. 기사 바이라인(신문·잡지 등에 기자·작가의 이름을 밝힌 줄)에는 글을 편집한 사람의 이름이 들어가지 않는다. 기사를 쓴 기자의 이름이 들어간다. 이 당연한 명제를 잊지 않고 하루하루 최선을 다하는 것, 그게 내 일이다.

듣기 불편한 말을 해야만 할 때

바이라인에 내 이름이 나오는 것은 아니지만, 내가 검토한 기사만큼은 완성도 있게 다듬고 싶은 마음이 편집 기자라면 누구에게나 있으리라. 지금도 그렇지만 편집기자 일을 막 시작하던 초창기에는 특히나 더 그랬다. 시민기자 가 쓴 글을 잘 편집하지 못하면 독자나 세상으로부터 '시민 참여 저널리즘'이라는 가치가 무시당하고 조롱받고 폄하될 수 있다고 생각했다. 회사뿐만 아니라 내 존재도 그렇게 될 거라고 여겼다. 운 좋게도 내가 오마이뉴스에 입사할 무렵 에는 도움을 청할 수 있는 선배들이 '아주' 많았다.

기사에 대한 가치 판단은 어떻게 해야 하는지, 글을 검토하면서 편집기자가 반드시 확인해야 하는 것은 무엇인 지, 사는 이야기와 인터뷰, 서평, 칼럼 기사는 어떤 내용을 체크해야 하는지, 시민기자들과는 어떻게 소통해야 하는 지 등등. 이런 실무와 관련된 노하우와 태도는 나보다 경험 이 많은 선배들을 통해 배울 수 있었다. 그때 선배들은 '시민 참여 저널리즘'을 만들어가는 개척자들이었고, 동시에 나의 롤모델이었다. 지금 생각해도 그때 선배들은 좀 멋진 데가 있었다.

물론 일을 배우고 익히는 과정이 마냥 쉽지만은 않았다. 편한 선배가 있으면, 또 어려운 선배도 있었다. 선배들은 편하게 대하는 시민기자 분들이 내게는 말 한마디 건네기 어려운 존재인 경우도 많았다.

나에게 가장 힘든 일은 기사를 '데스킹'하는 과정이었다. 기사 내용상 꼭 필요한데 빠진 내용은 없는지, 팩트 체크에 문제는 없는지, 반론은 없어도 되는지, 사생활이 너무 드러나는 것은 아닌지 등등을 파악하는 일이다. 이 과정에서 간단한 문의는 문자, 이메일, 메신저 등으로 진행하지만 그것만으로 안 될 때는 직접 시민기자에게 전화를 걸어 소통하기도 한다.

한 번의 검토로 끝나지 않을 때도 많다. 편집기자의 1차 검토로 완료되는 기사도 있지만 해당 부서 팀장이나 부서장이 2차 검토를 하고 본부장이 3차로 검토해야 완료

되는 기사도 있다. 이 과정을 거치면서 1차 검토한 편집기자가 놓친 오탈자가 수정되고 제목과 부제가 확정된다. 사진과 캡션(사진에 들어가는 설명), 그래픽, 이미지 등이 추가되기도 한다.

　　편집기자의 1차 검토가 끝나도 팀장이나 부서장, 본부장이 미흡하다고 판단하면 편집기자가 다시 기사를 수정하거나 보완해야 한다. 물론 기사가 배치된 다음에 오탈자수정을 할 때도 있고, 기사 내용에 대한 항의나 반론 요청이들어와 대처를 해야 할 때도 있다. 끝날 때까지 끝난 게 아닌 것이다.

　　드라마나 영화에서 언론사 편집국장 혹은 데스크(부서장)와 취재기자가 기사 내용 등을 두고 서로 언쟁하는 장면을 본 적이 있을 것이다. 편집기자인 나도 시민기자의 기사를 데스킹하다 보면 필요한 의견이지만 듣기에 따라 불편할 수 있는 말을 해야 할 때가 있다. 때로는 기사로 채택할 수 없는 이유를 어렵게 설명해야 하는 일도 생긴다.

그럴 때 대부분은 그러지 않지만, '앞으로 기사를 쓰지 않겠다'며 상당히 불쾌해하는 시민기자도 있다. 기사를 검토한 편집기자로서 기사에 대한 의견을 전달한 것뿐인데 "저를 못 믿으세요?"라며 항의하는 경우도 있다. 이럴 때는 좀 억울한 마음이 든다. 기사의 작은 부분 하나까지도 의심하며 확인하는 것이 내 일인데 누굴 믿고 누굴 믿지 않는단 말인지. 오히려 편집기자는 기사를 검토할 때 누구의 말도 믿지 않아야 하는 게 아닐까? '기사는 팩트로만 말해야 한다'는 말은 직업기자들에게만 해당하는 것이 아니다. 시민기자 역시 그래야 한다. 사실 관계가 확인되지 않았다면, 주장의 근거가 부족하다면, 편집기자는 시민기자들이 그것을 채울 수 있는 방향으로 이야기하고 설득해야 한다. 만약 시민기자 혼자서 하기 어려운 일이라면 편집기자가 도울 수도 있다.

내 판단이 옳았고, 일을 처리하는 데 문제가 없었더라도 시민기자에게 항의를 받는 일이 생기면 한동안은 심리적으로 위축이 된다. 또 누가 나에게 책임을 물은 것도 아닌데 혹시라도 회사에 누를 끼치는 것은 아닌지 걱정이 된다. 내가 편집기자로서 할 수 있는 편집의 영역이 어디까지인지 자문하며 점점 회의감에 빠져든다.

기사가 되기에 충분하지 않으면 기사로 채택하지 않으면 그만인데, 편집기자인 나는 왜 그 이상의 내용을 시민기자에게 요구하는 걸까? 기사에 대한 내 의견이 시민기자 입장에서도 정말 필요했던 것일까? 내 판단이 맞는지 헷갈리기 시작할수록 자꾸 괴로워진다. 이런 진통이 나에게도, 시민기자에게도 자극이 되고 꼭 필요한 '성장통'이 되었음을 알게 된 것은 훨씬 나중의 일이다. 이 점을 깨닫기 전까지는 시민기자도 나도 서로를 처음부터 잘 이해하는 것이 쉽지 않았다. 독자들에게 더 좋은 기사를 보여주고 싶은 마음은 크게 다르지 않았을 텐데 말이다.

시민기자와 소통하면서 어떠한 오해도, 불편한 감정도 없기를 바라는 것 자체가 무리일지도 모른다고 생각한 것은 사실 몇 년 되지 않는다. 글만으로 기사의 가치를 판단하는 내 입장에서는 그 글을 쓴 시민기자가 어떤 사람인지까지는 알 수 없다. 물론 시민기자도 마찬가지다. 시민기자도 편집기자가 어떤 사람인지, 어떤 마음으로 일을 하는지 모르는 경우가 많다. 그저 짧은 대화로 서로의 기분과 감정을 짐작만 할 뿐.

다행이라면 소통이 힘들었던 시민기자보다 소통이 잘 되는 시민기자들이 훨씬 많았다는 사실이다. 시민기자와 함께한 좋은 경험이 유쾌하지 않았던 다른 경험들을 잊게 만들었다. 나에게는 나쁜 경험보다 좋은 경험이 더 피와 살이 되었다. 물론 타산지석으로 삼을 만한 일도 있었고, 실패의 경험에서 배우는 일도 많았다.

회사 안에서든 밖에서든 일 때문에 불안이 심해지는 날이면 귀에서 심장 뛰는 소리가 들렸다. 그럴 때는 일부러라도 아직 일어나지 않은 일에 대해 미리 걱정하지 않으려고 노력했다. 사무실 앞 엘리베이터에 붙어 있는 '걱정을 해서 걱정이 없어지면 걱정이 없겠네'라는 말을 되뇌었다. '걱정과 상관없이 일어날 일은 일어나고, 일어나지 않을 일은 안 일어난다.' '미리 걱정하지 말자. 일이 터지면 그때 걱정하자.' 불안할 때마다 나를 다독이는 시간을 가졌다.

　　어떤 일이든 그렇겠지만 수많은 흔들림 속에서 그 문제의 해결 방법은 남이 아니라 나 자신이 제일 잘 안다. 힘들어도 스스로 문제 해결 능력을 키우는 것이 최선이다. 그래서 내가 찾은 방법은 그 문제가 내가 해결할 수 있는 일인지, 해결할 수 없는 일인지 먼저 따져보는 것이었다. 해결할 수 있는 일이라면 방법을 찾고(대부분 방법은 있다!) 해결할 수 없는 일이라면 그냥 내버려둔다. 당장은 마음이 좀 괴롭지만, 시간이 지나면 대부분 괜찮아진다. 때론 시간이 약인 게 진짜로 있으니까.

왜 내 글을 채택하지 않았죠?

개취(개인의 취향) 존중의 시대다. 내가 민트초코맛 아이스크림을 먹든 파인애플이 잔뜩 토핑된 하와이안 피자를 먹든 누가 뭐라고 할 자격은 없다. 내 취향이니까. 그렇다면 시민기자가 쓴 글의 기사 채택 여부도 내 취향대로 할 수 있을까? 없다. 당연히 그럴 수 없다. 그래서 이 일이 어렵다.

평소 가수 오디션 프로그램을 즐겨보는 편이다. 어느 날, 가능성 있는 가수들을 선발하는 심사위원들이 내게는 가능성 있는 기사를 발견하는 편집기자들처럼 보였다. 오디션 참가자의 노래를 같은 공간에서 똑같이 들어도 심사위원들마다 평가가 다른 것처럼 편집기자들 사이에서도 같은 기사를 보고 판단이 다를 때가 있다. 좋은 이유는 비슷하지만 안 좋은 이유가 모두 다르기도 하고, 좋은 이유는 전부 다르지만 안 좋은 이유가 비슷할 때도 있다. 당연하다. 심사위원의 나이, 경험, 만나온 사람, 환경, 좋아하는 노래 등에 따라 같은 노래도 다르게 들릴 수 있기 때문이다.

글도 마찬가지 아닐까. 내가 좋게 본 글도 선배나 후

배가 볼 때는 그렇지 않을 수 있다. 내게는 별로인 글이 누군가에게는 좋은 글일 수 있다. 나는 공감하지만 선배는 안 그럴 수도 있고, 후배는 공감하지만 나는 그러지 않을 수도 있다. 이 차이를 인정하는 것도 편집기자의 일이다. 옳고 그르다, 너는 틀리고 나는 맞다가 아니라 누구나 생각은 다를 수 있고 어떤 생각도 존중받을 수 있어야 한다. 그런데 문제는 다른 생각을 존중하는 것만으로는 일이 되지 않는다는 사실이다. 어쨌든 나는 기사가 될 만한 글인지 아닌지를 판단해서 편집을 완료해야 하는 사람이니까.

이 글을 기사로 채택할 것인지, 채택해서 어떤 비중으로 배치할 것인지, 부서장을 비롯한 본부장의 검토를 한 번 더 받을 것인지 등을 결정해야 한다. 편집기자는 뉴스성, 화제성(대중성), 시의성, 문장의 완성도, 주제 의식 등을 고려해 기사 채택 여부를 결정하고, 채택된 기사는 대중의 공감도와 영향력, 파급력 등을 예상해서 배치 방식을 정하게 된다. 이 과정을 통해 오마이뉴스는 기사를 잉걸, 버금, 으뜸,

오름 등급으로 나누는데, 이 등급에 따라 메인 페이지에 배치되는 위치가 달라진다. 기사의 각 등급에는 소정의 원고료가 책정되어 있고 원고료는 사이버머니로 지급된다. 독자가 시민기자에게 직접 원고료를 주는 '좋은 기사 원고료' 제도도 있다. 독자가 읽고 좋은 기사라고 생각하면 그 기사를 쓴 기자에게 응원의 메시지와 함께 자신이 주고 싶은 만큼의 원고료를 직접 지급할 수 있다.

기사가 될 만한 글인지에 대한 판단이 어려우면 어떻게 해야 할까. 방법은 하나다. 더 많은 편집기자들의 의견을 들어보고 참고하는 것이다. 이 과정을 통해 느낀 것은 내 생각이 틀릴 수도 있다는 점이다. 이것은 내가 후배일 때나 선배일 때나 관계없이 통하는 사실이다. 내 판단이 100퍼센트 맞지 않을 수 있다는 것을 늘 생각한다. 시민기자와 소통할 때도 마찬가지다.

하지만 누군가에게 "나는 네 생각과 다르다"고 말하기는 참 어렵다. 말하는 것도, 듣는 것도 불편한 일인지 모른다. 그럼에도 말을 건다는 것, 말을 한다는 것은 변화를 바라기 때문이다. 나아지길 바라서다. 편집기자가 기사에 대해 의견을 내는 것은 더 완성도 높은 기사를 독자들에게 보여주기 위해서다.

　　일하면서 하루에 한 번 이상은 "왜 내 기사를 채택하지 않았죠?"라는 질문을 받는다. 정말 이유가 궁금해서 물어보는 시민기자도 있지만 거절당했다는 속상한 마음에 불편한 감정을 표출하는 하소연일 때도 적지 않다. 편집기자는 기사를 '채택하지 않으려고' 일하는 사람들이 아닌데, 가끔 그걸 몰라줄 때 나는 속이 상한다.

　　시민기자의 글을 기사로 내보내기 위해 필요한 반론을 들으려고 며칠을 기다리던 선배가 있었다. 기다려도 반론이 오지 않자 결국 선배는 등기우편으로 내용증명을 보냈다. 나는 "그렇게까지 해야 하냐"고 물었고, 선배는 "할 수 있는 건 다 해봐야지"라고 답했다. 어리석은 질문을 한 것 같아 부끄러웠다. 그렇게까지 해야 하는 것이 바로 이 일인데 나는 왜 아무것도 모르는 사람처럼 물었을까. 이런 동료들이 있기에 시민기자와 함께한 오마이뉴스의 21년이 가능했다고 생각한다. 할 수 있는 최선을 다해 정성껏 좋은 기사를 만들어내고 싶은 그 마음을 나는 잘 안다.

　　기사로 채택할지 말지 확신이 들지 않아 고민하는 후배가 있으면 "나라면 이런 방향으로 보강 요청을 할 것 같아", "이런 내용을 확인해본 뒤에 판단하면 어떨까", "다른 편집기자들의 의견을 좀 더 들어봐" 하는 의견을 준다. 나 역시 공감하기 쉽지 않거나 관련 정보가 전혀 없는 내용의 기사를 편집할 때는 주변 동료들에게 의견을 구한다. 동료의 조언을 듣고 다시 기사를 읽으면 보강해야 할 부분이 보이고, 기사로 완성시킬 수 있는 방법이 떠오를 때가 많다.

　　물론 편집기자들의 논의가 해피엔딩으로 끝나지 않을 때도 있다. 서로 마음이 상한 채 의견 일치는커녕 생각이 다르다는 것만 확인하고 대화를 마무리하는 경우도 있다. 그러나 당장은 몰라도 나중에는 알게 된다. 그때의 내가 왜 그랬는지, 그때의 선배가 왜 그랬는지, 그때의 후배가 왜 그랬는지. 같은 목표로 일을 하고, 계속해서 그 시간이 쌓이다 보니 조금씩 이해되는 부분들이 넓어지는 것 같다. 중간에 내가 퇴사를 하고 편집기자 일을 그만두었다면 이 사실을 평생 모르고 지냈을지도 모르겠다. 누군가를 원망하고 오해하면서 말이다. 그러지 않아서 참 다행이다.

혼자서는 알 수 없는, 할 수 없는

시민기자가 쓴 글을 검토하는 일만큼이나 편집기자가 많이 하는 업무는 청탁이다. 청탁은 '주식에 대한 경험'이나 '채식을 시작하며 생긴 일' 같은 특정한 주제를 시민기자에게 제안하고 이에 대해 기사를 써달라고 부탁하는 일이다. 편집기자는 평소 기사를 검토하면서 시민기자들이 저마다 갖고 있는 관심사나 글 쓰는 스타일 등을 기억했다가 적당한 기회가 생겼을 때 청탁한다.

사실 청탁은 부담스러운 일이다. 요청하는 편집기자 입장에서도 그렇지만 요청받는 시민기자 입장에서도 그럴 것이다. 시민기자는 특별히 자신을 지목해서 기사를 써달라는 요청을 받았기 때문에 잘 써야 한다는 생각이 들어 부담스럽고, 편집기자는 내가 요청한 글이기 때문에 검토와 배치 등에 신경 써서 편집을 해야 하니 부담스럽다. 게다가 기획 의도와 맞지 않는 내용의 기사가 들어올 가능성도 배제할 수 없기 때문에 조금은 긴장되기도 한다. 간혹 청탁한 글인데 기획의도와 맞지 않거나 시의성을 놓치는 바람에 기사로 채택하기 어렵다고 이야기해야 할 때도 있다. 이럴 때는 청탁한 시민기자에게 정말 뭐라고 말을 꺼내야 할지 너무나 난감하다. 이렇듯 고려해야 할 요소가 적지 않은 까닭에 편집기자에게 청탁은 생각보다 신중함이 필요한 일이다. 그렇다고 안 할 수는 없는 일이 청탁이다. 그렇다면 편집기자는 어떤 상황에서 가장 많이 청탁을 할까? 바로 '필요한' 기사가 없을 때다. 필요한 기사란 지금 독자들이 가장 관심을 가지고 있거나 관심을 가질 만한 일을 말한다.

2020년 2월 말, 코로나19가 대구에서부터 확산되기 시작할 때 오마이뉴스에 실린 〈저는 지금 대구에 살고 있습니다〉라는 기사는 후배 편집기자가 대구에 사는 시민기자에게 청탁한 기사였다. 도로가 통제되고 거리에 사람들이 사라지는 등 코로나19 바이러스가 몰고 온 일상의 변화를 구체적으로 쓴 이 기사는 큰 파장을 낳았다.

전국에 있는 시민기자들이 자신과 자신의 주변에서 벌어지는 코로나19 상황을 글로 써서 보내왔다. 국내뿐이 아니다. 이탈리아, 스페인, 캐나다, 호주 등 세계 각지에서 일어나는 코로나19 관련 상황을 내 모니터에서 확인할 수 있었다. 자발적으로 쓴 기사도 있고 청탁을 받아서 쓴 기사도 있었다. 이럴 때 나는 뭉클해진다. '시민기자들, 정말 대단하다'는 생각밖에 안 든다. 뭐라고 설명하기 어려운 감동을 받는다.

　　그야말로 독립군 같다. 영화 〈봉오동 전투〉에서 독립군 황해철 역을 맡은 배우 유해진이 "독립군의 수는 셀 수가 없어. 왠지 알아? 어제 농사짓던 인물이 내일 독립군이 될 수 있다 이 말이야"라고 했을 때 나는 오마이뉴스 시민기자들을 떠올렸다. 독립군을 시민기자로 바꿔도 전혀 이상하지 않았다. 어제까지 주부로, 선생님으로, 가게 사장님으로, 여행 가이드로 자신의 일상을 살았던 사람들이 오늘 시민기자로 거듭났다. 누군가 자신의 말을 들어주길 기다리기보다 '오마이뉴스'라는 스피커를 통해 자신의 목소리를 세상에 전했다. 코로나19 이전에도 전 국민이 관심을 기울이는 사건 사고가 있을 때면 시민기자들은 국내든 해외든 장소와 시간을 가리지 않고 오마이뉴스로 글을 보내왔다.

기사 하나 쓴다고 해서 돈을 많이 받는 것도 아니고, 모든 글이 기사로 채택된다는 보장도 없는데 시민기자들은 짧게는 몇 시간, 길게는 몇 날 며칠에 걸쳐 힘들게 글을 써서 보내왔다. 성실하게 글을 보내오는 시민기자들 한 명 한 명이 내겐 영화 속 독립군처럼 보였다.

그런데 편집기자가 기사 청탁을 잘하려면 평소에 신경 써야 하는 일이 있다. 바로 '시민기자를 다각도로 살피는 일'이다. 이것은 내가 생각하는 편집기자의 중요한 역량 중 하나다. 기사를 검토하는 일에만 급급하면 이 역량이 발휘되기 어렵다. 눈앞에 있는 기사뿐만 아니라 기사를 쓴 시민기자의 '뒤도 보고 옆도 봐야' 청탁을 잘할 수 있다. 뒤도 보고 옆도 본다는 것은 그 글을 쓴 시민기자에 대해서도 관심을 가져야 한다는 뜻이다. 편집기자가 하나의 글을 검토한다는 것은 그 글을 기사로 만들기 위해 완성도를 높이는 작업임과 동시에 시민기자에 대한 데이터를 쌓아가는 일도 포함된다.

시민기자가 되는 방법은 아주 간단하다. 오마이뉴스 홈페이지에서 기자회원으로 가입만 하면 누구나 시민기자가 될 수 있다. 편집기자는 시민기자가 쓴 글을 기사로 다듬는 과정에서 그들의 거주 지역, 연령대, 주로 쓰는 기사 분야, 관심사, 직업 등의 데이터를 머릿속에 쌓는다. 이런 정보들은 기사를 검토하면서도 알게 되지만 시민기자와 메시지를 주고받거나 전화 통화를 하면서도 알게 된다.

'한국 사회에서 맏딸은 가족 돌봄을 유난히 강요받는다'는 의미에서 생겨난 신조어 'K-장녀'를 기획할 때였다. 인사이동으로 팀에 온 지 얼마 안 된 후배가 '사는 이야기' 기획 아이템을 제안하며 "혹시 이런 내용을 쓸 수 있는 시민기자가 있을까요?"라고 물었다. 다행히 그동안 기사를 검토하며 축적해온 정보를 통해 알게 된 장녀 시민기자들의 이름이 내 머릿속에서 곧바로 튀어나왔다.

내가 특별히 기억력이 좋아서 이런 데이터를 갖고 있는 것은 아니다. 편집기자들은 저마다 각자의 정보를 축적한다. A라는 시민기자의 나이, 사는 곳, 평소 어떤 내용의 기사를 주로 쓰는지 파악하는 일뿐만 아니라 그가 쓴 기사에서 공개된 사소한 정보들, 가령 결혼을 했고 아이가 둘이며 맞벌이라는 것 등을 기억해두는 것이다. 이런 정보가 있으면 청탁을 할 때 많은 도움이 된다.

"코로나19 때문에 요즘 맞벌이 가정에서 아이 돌봄 문제가 심각하다는데 이런 내용으로 한번 청탁해보면 어떨까요?"

"괜찮은 생각이네요. A 시민기자가 쓴 기사를 보면 서울에서 맞벌이한다는 이야기가 나와요. 그분에게 연락해서 쓸 만한 내용이 있는지 물어보면 좋겠어요."

이런 과정을 거쳐 청탁을 했는데 시민기자가 흔쾌히 수락하고 기획 의도에 딱 맞는 좋은 글을 써줬을 때, 너무 신난다. 시민기자들 역시 편집기자와 소통하면서 필요한 기사를 쓴다는 데 자부심과 소속감을 느끼고, 글쓰기에도 자신감을 갖게 되는 경우가 많다.

이렇게 시민기자와 함께 호흡을 맞추는 일이 많아지면서 나 혼자는 몰랐던 내 일의 의미도 깨닫게 되었다. 시민기자와 소통이 잘될수록 내 일도 더 잘하게 되었고, 나아가 일하는 재미도 알게 되었다. 청탁한 시민기자의 글이 많은 독자들에게 읽히고, 많은 사람들에게 공유되고, 그래서 대중의 관심을 끌 때 나는 이 일의 보람을 느낀다. 그럴 때 나는 세상 어디에도 없는, 시민기자와 함께하는 이 일이 좋다.

제목을 좀 바꿔주세요

편집기자로 일하며 기사 제목과 관련해서 종종 듣는 말이 있다. "포털 사이트에서 뉴스를 보다 보면, 제목만 봐도 어떤 게 ○○ 기사인지 알겠어요."

칭찬일까, 아닐까? 깊이 고민하지 않기로 한다. 어쨌든 그 언론사만의 특색이 있다는 뜻일 테니까. 그야말로 분 단위로 쏟아지는 기사의 바다 속에서 독자의 눈을 사로잡는 제목을 뽑기 위해 편집기자는 얼마나 분투하는가. 기사 검토를 마치고 '종료/닫기' 버튼을 클릭하기 직전까지 편집기자는 더 나은 제목을 뽑기 위해 고민에 고민을 거듭한다. 아무리 좋은 기사도 일단 눈에 띄지 못하면 살아남지 못한다는 것을 너무 잘 알기 때문이다.

기사 제목을 뽑을 때 편집기자들이 따져보는 건 이런 게 아닐까. 팩트를 잘 전달하고 있는가, 사실을 과장하는 것은 아닌가, 논란 중이거나 의혹을 받고 있는 상황인데 이쪽이 맞고 저쪽이 틀리다는 식의 단정적인 표현을 쓰고 있는 것은 아닌가, 이해관계에 놓인 한쪽의 주장을 과하게 반영한 것은 아닌가. 여기에 더해서 식상한 표현은 아닌지, 재미와 공감 코드는 있는지, 요즘 트렌드와 어울리는지, 남들은 잘 모르는데 다 알 거라고 생각하는 표현은 아닌지 등을 점검한다. '~이'가 나은지 '~가'가 나은지, 조사 하나도 예민하게 썼다 지웠다를 반복한다. 단어 하나, 서술어 하나, 조사 하나에도 달라지는 게 뉘앙스이니 가장 적확한 제목을 뽑기 위해 오늘도 자판을 두드린다.

특히 최근 몇 년 동안에는 편견이 담긴 표현은 아닌지, 미처 몰랐던 혐오의 표현은 아닌지, 성평등 가치에 어긋나는 것은 아닌지, 소수자나 약자에게 상처가 되는 제목은 아닌지 돌아보는 습관도 생겼다. 가령 언론에서 여과 없이 흔히 쓰는 신조어인 빌거('빌라 거지'의 줄임말), 휴거('휴먼시아에 사는 거지'의 줄임말) 같은 혐오와 차별의 말은 되도록 쓰지 않으려고 한다. 그럼에도 무심결에 주목을 끄는 단어를 써서 제목을 뽑고, 독자들이 다 읽은 다음에야 뒤늦게 후회하는 경우도 없지는 않다.

한국기자협회와 국가인권위원회가 2011년 9월에 제정한 인권보도준칙에도 이러한 내용이 담겨 있다. 이들은 전문에 "언론은 일상적 보도 과정에서 인권을 침해하는 내용이 포함되지 않도록 주의를 기울인다. 아울러 '다름'과 '차이'가 차별의 이유가 되지 않도록 노력한다" 등을 밝히며 총강과 주요 분야별 요강을 마련해 발표했다. 이 분야별 요강은 언론 보도에 있어 민주주의와 인권, 개인의 인격권(명예, 프라이버시권, 초상권, 음성권, 성명권), 장애인 인권, 성평등 등에 대한 종합적이고 세부적인 가이드라인이 된다.

한국기자협회는 이밖에도 자살보도 권고 기준 3.0, 성폭력 범죄보도 세부 권고 기준, 재난보도 준칙, 감염병보도 준칙, 성폭력·성희롱 사건보도 공감 기준 및 실천 요강, 선거 여론조사보도 준칙, 혐오표현 반대 미디어 실천 선언 등에 대한 내용도 홈페이지에 공개하고 있다. 언론계 종사자가 아닌 사람들에게도 도움이 될 만한 내용이 많으니 한 번쯤 보면 좋겠다. 또 2021년 3월에는 전국언론노동조합 성평등위원회가 '미디어를 위한 젠더 균형 가이드'를 발표하기도 했다.

　　나는 기사 안에서 핵심 문장과 핵심 단어가 무엇인지, 제목에 활용할 만한 글쓴이의 고유하고 재밌는 표현들은 무엇인지 찾으면서 제목을 '뽑는다'. 그 속도도 빨라야 한다. 빨리빨리 판단해서 바로바로 제목을 '뽑아내야' 한다. 검토해야 할 다른 기사가 쌓이기 전에 신속하게 처리해야 하기 때문이다. 제목이 잘 안 뽑힐 때면 혹시라도 놓친 단서가 있을까 싶어 여러 번 기사를 읽고 사진 설명도 한 번 더 들여다본다. 취재 경위에 시민기자가 남겨놓은 문구도 다시 읽어본다. 기사와 관련된 모든 것을 털어내듯 뒤져서 단서를 찾아낸다.

　　새로운 정보를 전달하는 뉴스성 기사는 밝혀진 뉴스, 즉 팩트만 뽑아서 간결하게 제목을 달아도 된다. '코로나19 백신 ○○부터 접종 시작', '경기도 재난지원금 ○○부터 지급 시작' 등이 그렇다. 그 팩트야말로 당시 독자들이 제일 궁금해하는 뉴스이기 때문이다.

　　그런데 오마이뉴스의 대표 콘텐츠 '사는 이야기'는 조금 다르다. 개인의 일상을 소재로 쓰는 글이 '사는 이야기'인데, 오마이뉴스에서는 이런 글도 기사가 된다. '사는 이야기'의 제목을 뽑을 때는 독자의 눈에 띌 수 있도록 읽힐 만한 제목을 짓는 것도 중요하지만 고려해야 할 것이 하나 더 있다. 다름 아닌 글쓴이의 마음이다.

　　시민기자들이 쓰는 '사는 이야기'는 유쾌하고 재밌고 우리 마음의 온도를 1도씩 올리는 훈훈하고 감동적인 이야기도 많지만 마음이 아픈 사연도 상당히 많다. 돌아가신 부모님에 대한 이야기, 헤어진 가족에 대한 사연, 아픈 반려동물에 얽힌 이야기, 학교 폭력이나 왕따 등의 경험, 특별한 관계였던 사람과 헤어진 이야기, 소수자로서 받은 상처에 대한 이야기, 꿈이나 목표가 좌절된 이야기 등 자신의 경험을 바탕으로 내밀한 고백들이 담겨 있기 때문이다.

　　이런 '사는 이야기'를 편집할 때 나는 '막장' 제목만은 피하고 싶다. 그래서 시민기자 본인이나 가족의 아픈 사연이 담긴 내용을 검토할 때는 글을 쓴 시민기자의 마음을 한번 더 생각해본다. 그의 아픈 경험을 기사 조회 수를 늘리기 위한 상품으로 이용하고 싶지는 않기 때문이다. 그보다는 글쓴이의 진심이 보다 잘 전달될 수 있도록 돕고 싶다.

그런데도 가끔 기사를 쓴 시민기자로부터 "제목을 좀 바꿔주세요. 제 마음이 너무 힘듭니다"라는 연락을 받을 때가 있다. 가슴이 철렁한다. 기사를 검토하고 제목을 뽑는 것이 내게는 그저 '일'이지만, 시민기자에게는 대단한 용기를 필요로 하는 일이라는 걸 알기 때문이다. 그런데 내가 뽑은 제목을 보고 마음이 힘들다니…… 그 마음을 더 세심하게 살피지 못한 것 같아 죄송해진다.

특히나 요즘처럼 혐오와 차별의 표현이 가득한 때는 더 그렇다. 오죽하면 포털 사이트의 댓글 때문에 기사를 못 쓰겠다는 시민기자들이 생겨날까. 나도 다르지 않다. '엉망진창땡창'인 댓글을 보며 심장이 두근두근하고 팔다리가 부들부들 떨리는, 생각할수록 억울하고 부아가 치밀었던 경험이 있다. 악플로 힘들어하는 시민기자에게 "기자님, 정신건강을 위해서 포털 사이트 댓글은 보지 마세요"라고 조언 아닌 조언도 해보지만 나 역시 안다. 독자들이 어떻게 생각하고 반응하는지 글쓴이라면 궁금할 수밖에 없다는 것을. 그 마음을 아니까 제목을 뽑을 때 더 신중해진다. 제목 후보를 여러 개 뽑아서 다른 편집기자들의 의견도 들어본다.

이런 나의 노력이나 의도와 상관없이 결과가 좋지 않을 때도 있다. 기사 조회 수가 이른바 '폭망'하는 경우다. 그럴 때는 마음이 급격하게 흔들리곤 한다.

'아니, 이 좋은 글을 왜 안 보지? 제목 때문인가?'

'내 판단이 틀렸나? 역시 지금 많이들 쓰는 말로 제목을 뽑았어야 했나? 그러면 더 많은 사람들이 봤을까?'

'지금이라도 제목을 바꿔볼까? 바꿔도 안 보면 어떡하지?'

기사 제목 하나로 전전긍긍하던 날이 셀 수 없이 많

다. 19년이 지난 지금은 그냥 그런 날도 있는 것이라고 받아들인다. 그렇지 않은 날도 있겠지 하면서. 물론 속은 상한다. 그래도 어쩌겠나. 삶에 정답이 없듯이 기사 제목에도 정답이란 없는 것을. 제목을 '자극적으로' 뽑아도 독자에게 외면당하는 기사가 있고, 지극히 평범하고 담담하게 뽑아도 조회 수와 공유가 치솟는 기사도 있다. 그러니 나는 매일 그 순간 최선의 제목을 고민할 뿐이다. 그 최선의 제목을 위해 오늘도 손가락이 바쁘다. 손가락이 아프도록 썼다 지웠다를 반복한다.

편집기자의 하루

"편집기자의 일을 한마디로 표현하면 뭔가요?"

"판단하는 일 아닐까요."

나는 하루 동안 이 일을 하면서 몇 번의 판단을 할까. 궁금하지만 세어보지는 않았다. 대신 내 하루 일과를 찬찬히 복기해보기로 했다. 출근 시간은 오전 8시. 편집기자마다 출근 시간이 조금씩 다르지만 하루 9시간 근무는 모두 같다. 대통령 선거나 국회의원 선거 같은 큰 이슈가 발생하지 않는 한 대부분 그렇다.

의자에 앉음과 동시에 노트북 전원을 켜고 회사 관리자 사이트에 접속해 아이디와 패스워드를 치고 로그인을 한다. 내 일의 대부분은 이 관리자 사이트에서 진행되고 처리된다. 가끔은 내 일터가 사무실이 아니라 온라인으로 접속하는 관리자 게시판이 아닌가 싶기도 하다. 언제 어디서든 일할 수 있는 이런 업무 시스템은 장소나 시간에 상관없이 기사를 검토할 수 있다는 장점이 있지만 잠시도 일을 놓기 어렵다는 단점도 있다.

예를 들어 편집기자들이 단체로 엠티나 체육대회, 노조 행사, 창간기념일 행사 등에 참여해야 할 때는 곤란한 상황이 자주 벌어진다. 친목 도모를 위한 엠티 자리에서 고기를 굽고 술잔을 돌릴 때 누군가는 노트북을 붙들고 기사를 검토해야 한다. 한 공간에서 함께 즐기지 못하고 기사를 처리해야 하는 동료를 보는 것도 마음이 편하지 않지만, 그 일을 하는 사람이 나일 때는 더 괴롭다. 물론 이렇게까지 일하는 데는 이유가 있다. 편집기자들이 자리를 비우는 상황에도 시민기자들의 글은 계속 들어오기 때문이다. 내용에 따라서는 빨리 기사로 처리해야 하는 것도 있기 때문에 다른 방법이 없다.

다시 하루의 일과로 돌아오면, 오전 8시에 출근해서 관리자 사이트에 접속한 뒤 제일 먼저 시민기자들이 보내온 메시지를 확인한다. 그리고 급하게 처리해야 할 내용인지 아닌지를 파악한다. 이미 채택된 기사에 대한 수정 요청이면 바로 확인하고 처리한다. 급하지 않은 다른 업무는 일과 중 틈틈이 할 수 있게 따로 메모해둔다. 이제 기사 검토에 나설 시간이다. 관리자 사이트 내부 게시판에서 '기사 검토' 카테고리로 진입해야 할 때다. 편집기자로서 본격적인 편집 업무가 시작되는 순간이다.

　우선 어제 퇴근해서 오늘 출근하기 전까지 들어온 기사 수를 확인한다. 이 기사들을 훑어보며 급하게 검토해야 할 기사가 있는지 살핀다. 시의성 있는 글은 시간이 지날수록 뉴스 가치가 떨어지기 때문에 지체 없이 검토에 들어간다. 사회부나 정치부의 경우에는 기자회견이나 토론회 등 현장 기사부터 바로 처리한다. 현안에 대한 주장이나 의견성 글도 미루지 않고 봐야 할 기사다. 내가 담당하는 사는 이야기, 문화, 여행 기사에도 시의성이 중요한 경우가 있는데 그런 기사부터 우선적으로 검토한다.

　그다음 확인하는 것이 오마이뉴스 메인 화면에 배치 대기 중인 후보 기사들이다. 오마이뉴스 메인 화면에서 섬네일이 달린 기사들의 현황을 체크한다고 생각하면 이해하기 쉽다. 톱기사로 추천된 기사들을 모아놓은 카테고리에서 후보 기사가 어느 정도 있는지 확인한다. 이미 메인 화면에 배치되어서 남아 있는 후보 기사가 몇 개 없으면, 새로 들어온 기사 가운데 톱 후보가 될 만한 것이 있는지 찾아보게 된다.

오전에 급히 처리해야 할 일들이 어느 정도 정리되면 잠시 미뤄두었던 기사들을 들어온 시간 순서대로 검토한다. 편집기자가 여러 명인데 어떻게 기사를 나눠서 검토하느냐는 질문을 받은 적이 있다. 편집기자마다 정해진 기사 개수가 있는지, 편집기자마다 배당된 시민기자가 있는지, 기사 분류에 따라 검토하는 편집기자가 다른지 등의 궁금증이었다.

앞에서 말한 대로 우선순위가 높은 시의성 있는 기사를 제외하고, 모든 기사는 입력된 시간 순서대로 편집기자들이 각자 하나씩 맡아 검토한다. 시민기자가 편집부로 보낸 기사는 시간, 분, 초까지 기록된다. 편집기자가 편집 중인 기사는 '기사 편집' 목록에서 자물쇠 아이콘이 같이 보인다. 이 기사 제목에 마우스를 갖다 대면 검토자의 이름과 검토를 시작한 시간을 확인할 수 있다. 다른 편집기자가 중복으로 검토하는 일을 방지하려는 것이다.

각 부서에서 추천한 기사들은 본부장이 최종적으로 확인한 뒤 그날그날 메인 화면에 배치된다. 그 결과물이 독자들이 보는 오마이뉴스 메인 화면이다. 메인 화면의 기사들은 뉴스 현황에 따라 일정 시간을 두고 교체된다.

기사가 배치되면 그 기사를 검토한 편집기자에게 카카오톡으로 알림이 온다. 그러면 편집기자들은 페이스북, 카카오 플러스친구 등 오마이뉴스 공식 SNS 계정에 바이럴을 한다. 바이럴은 기업에서 '블로그, 소셜미디어, 인터넷 카페 등을 통해서 관련 콘텐트를 집중적으로 홍보하는 마케팅 기법'을 말하는데, 언론사 역시 자체 SNS 계정에 기사나 영상, 사진을 노출시켜 더 많은 독자들이 읽고 공유할 수 있게 하고 있다. 이 외에도 편집기자들은 순번을 정해 편집부

공용 메일 계정을 수시로 확인해서 각 부서에 관련 내용을 전달하고 문의 내용을 처리한다.

편집기자가 순서를 정해서 돌아가며 맡는 일 가운데 주말 당직이 있다. 가끔씩 주말에 근무하다가 시민기자와 전화 통화를 하게 되면 "주말에도 일하세요?"라는 인사를 받는다. 그러나 "너무 많이 일하는 거 아니예요?" 같은 걱정은 하지 않아도 괜찮다. 주말에 일한 대신 평일에 하루를 쉬기 때문이다.

매월 하는 일도 있다. 바로 심사다. 배우들이 딱 한 번 신인상을 받을 수 있는 것처럼 시민기자로 활동하는 동안 딱 한 번 받을 수 있는 '이달의 새 뉴스게릴라'를 선정한다. 또 한 달 동안 활약이 돋보이는 시민기자 중에서 '이달의 뉴스게릴라'도 뽑는다. '이달의 뉴스게릴라'는 여러 번 수상도 가능하다. 사회부, 정치부, 경제부, 라이프플러스(사는 이야기+문화+책동네+여행), 오마이스타 등 각 부서의 편집기자들이 매월 초에 후보를 추천하고 회의를 통해 수상자를 선정한다.

　매년 하는 심사도 있다. 11월 말이나 12월이 되면 그해 가장 뛰어난 활동을 한 시민기자에게 주는 상인 '올해의 뉴스게릴라', 한 해 동안 꾸준히 좋은 활동을 펼친 시민기자에게 주는 '2월 22일상'(오마이뉴스 창간일에서 따왔다), 그리고 특별상 후보를 추린다.

　이 상들은 시민기자가 1년 동안 쓴 기사를 종합적으로 판단해서 시상하는 만큼 편집기자들이 모두 모여 심사하는 자리에도 꽤 긴장감이 흐른다. 심사에 참여하는 기자들은 미리 받은 자료를 꼼꼼히 검토한 뒤 후보자들의 한 해 활동을 세심하게 살핀다. 각 부문별 후보에 오른 시민기자의 이름이 호명될 때마다 편집기자로 살아온 나의 지난 1년도 주마등처럼 스쳐 지나간다.

　치열한 논의 끝에 최종 수상자가 결정되면 수상자들에게 연락해서 수상 소감을 받거나 인터뷰를 하는 등 관련 기사를 준비하는 것도 편집기자의 일이다. 편집기자의 크리스마스 시즌과 연말이 평소보다 더 바쁜 이유다.

코로나19 팬데믹 이전에는 오마이뉴스 창간일인 2월 22일을 전후로 매해 시상식을 열었다. 시민기자들의 수상 소감을 들으며 가슴 뻐근한 감동을 느끼곤 했는데, 코로나19로 2년째 그 현장을 놓치게 되었다. 언제쯤이면 다 함께 모여 서로의 마음을 나누는 시간을 가질 수 있을까? 부디 2022년에는 모두가 만나는 시간이 가능하길 바란다.

나라는 사람의 '쓸모'

이제는 말할 수 있다, 싶은 것이 있다. 바로 이 일을 하면서 싫었던 것에 대해서다. 취재와 편집은 엄연히 다른 일인데 취재기자와 편집기자를 비교하는 분위기가 싫었다. 가끔씩 취재기자가 편집기자로 자리를 옮길 때면 어디선가 '이제 좀 편히 일하겠네' 하는 말이 들리는 게 불편할 때도 있었다.

생각해보면 각자 잘할 수 있는 일이 있다는 것을 인정하는 데 나도, 조직도 서툴렀다. 회사에서 내 역할은 언제나 더 중요하고 더 시급한 일에 맞춰져 있었다. 내가 잘할 수 있는 일인지 아닌지는 크게 고려의 대상이 아니었다. 내가 좋아하는 일인가, 아닌가도 중요하지 않았다. 어느 회사든 개인보다 조직의 목표가 우선시되는 것이 어쩌면 당연한데, 나는 그 사실을 인정하기까지 오랜 시간이 걸렸다.

그러면서도 마음 한쪽에는 '정치, 사회 뉴스만 뉴스인가? 사는 이야기도 뉴스라고!' 하는 생각이 늘 있었다. 언론사의 생명은 정치, 사회, 경제 등 일반적인 의미의 '뉴스'

전달에 있다는 것을 모르는 바는 아니다. 하지만 나는 그 어쩔 수 없이 기울어진 운동장이 싫었다. 나는 주류의 뉴스보다 그렇지 않은 뉴스를 다루는 것이 더 재밌었다. 어떻게 하면 시민기자들이 '사는 이야기'를 더 재밌게 잘 쓸 수 있을까, 독자들이 읽고 싶은 기사로 만들어낼 수 있을까, '그것만' 고민하고 싶었다. 하지만 어떤 회사원이 하고 싶은 일만 골라서 할 수 있을까. 취향에 맞지 않고 재미없는 일이어도 필요한 일이라면 해야만 했다.

그런데 인생이 참 얄궂다. 하기 싫은 일도 막상 주어지면 '잘'하고 싶은 오기가 생긴다. 하기 싫은 마음이 있으니 제대로 못할 것 같지만, 하다 보면 요령도 생기고 전혀 생각하지 못한 뜻밖의 성과도 생긴다. '자세히 보아야 예쁘고 오래 보아야 사랑스러운' 것은 '너'만이 아니었다. 일도 그랬다. 내 일의 의미를 알게 되면서 나는 달라졌다. 나를 괴롭히던 인정 욕구와도 거리를 둘 수 있었다.

일을 하다 보면 '나는 이런 것도 하는데 왜 나에겐 칭

찬을 해주지 않지?', '왜 저들에게 주는 관심을 나에겐 주지 않지?' 같은 인정 욕구에 사로잡힐 때가 있다. 상대적으로 편집기자의 일은 취재기자에 비해 주목받지 못한다고 생각했다. 일례로 취재기자들에게는 매월 사내 특종상을 주지만 편집기자들을 위한 시상 제도는 따로 없다. '올해의 시민기자'는 뽑지만 '올해의 편집기자'는 안 뽑는다. 가끔씩 '특별상'이라는 이름으로 호명될 뿐.

　그럼에도 나는 내가 한 일에 대해 '어필'하려고 노력하는 편이었다. 말하지 않으면 모르는 것 같아서, 계속 모를 것 같아서 그랬다. 팀장이나 부서장에게 내가 한 일을 설명하며 인정해달라고 하면 "그래, 잘했어. 밥 한번 사줄게"라는 답을 듣곤 했다. 밥은 내 돈 주고도 사먹을 수 있는데, 내가 듣고 싶은 말은 그게 아닌데……. 그랬던 내가 인정 욕구라는 굴레에서 빠져나오게 된 것은 뜻밖에도 시민기자들 덕분이었다.

　오마이뉴스에 입사해서 팀장이 되기까지 10년 이상

의 시간이 흘렀다. 내가 좋아하는 일, 하고 싶은 일을 책임지고 맡아서 해보는 데 그만큼의 시간이 필요했다. 팀장을 맡으면서 평소에 하고 싶었던 일들을 본격적으로 집중적으로 시도했다. '사는 이야기'를 쓰는 시민기자들과 공통 관심사에 대해 이야기를 나누고 기획을 제안하고 청탁한 기사가 들어오면 검토하고 배치하는 그 모든 과정이 즐거웠다. 10년을 넘게 해온 일, 전혀 새로울 것 없는 일인데도 그랬다.

다양한 글쓰기에 대해 그동안의 편집 경험을 바탕으로 시민기자들과 의견을 나누고 도움을 주고받으면서 나라는 사람의 '쓸모'에 대해 새삼 알게 되었다. 시민기자들을 만나고 오면 없던 기운도 펄펄 났다. 이것도 써보시라, 저것도 써보시라, 하는 나의 조언을 귀담아들었다가 도전하는 시민기자들을 보면 괜히 뿌듯했다.

"이런 것도 기사가 될까요?"

"그럼요. 왜 안 되나요?"

시민기자와 만나 수다에 가까운 이런저런 이야기를

나눌 때마다 자주 등장하는 말이다. 시민기자들이 자신 없어 하며 묻는 아이템이 내 눈에는 다 기삿거리로 보였다. "그걸 기사로 쓰시면 좋겠어요." "한번 해보세요. 정말 잘하실 것 같아요." 어쩌면 너무나 뻔하게 들릴 수 있는 말도 시민기자들은 진심으로 들어줬다. 그리고 결국엔 자기 것으로 만들었다.

　　지금보다 나은 삶을 꿈꾸며 개인의 성장이 고팠던 시민기자들은 글 쓰는 행위를 통해 자신뿐만 아니라 편집기자인 나의 성장판도 함께 자극시켰다. 이 과정에서 얻은 모든 유무형의 경험이 인정 욕구라는, 약도 없는 나의 병을 치료해주었다.

　　한 번의 좋은 경험은 반복을 부르는 힘이 있다고 믿는다. 더 이상 조직 안에서 나 혼자 속을 끓일 이유가 없었다. '왜 알아주지 않을까?' 하던 마음이 이제는 '알아주든 말든'이 되었다. 내가 하고 싶은 것을 찾아서 하고, 그 일을 즐기면 그것으로도 충분히 괜찮다는 마음이 생기기 시작했다. 시민기자들 속으로 들어가니 나도 좋고, 시민기자에게도 도움이 되었다. "최은경 기자님 덕분에"라는 말이 "밥 한 번 사줄게"라는 선배의 말보다 더 달콤하게 들렸다. 지금보다 더 잘하고 싶은 욕심이 생길 만큼.

기쁘게 하는 사람도, 힘들게 하는 사람도

제목에 오타가 생기면 울고 싶다. 오보일 때는 솔직히 집에 가고 싶다. 어쩔 수 없는 일이 아니라 명백하게 내 실수로 벌어진 일이라면 더 말해 무엇하리. 눈물도 안 나고 사는 게 그냥 허무하다. 왜 사는가 싶은 마음에 아이처럼 울고 싶다. 운다고 해결될 일이 아니란 걸 알면서도 그렇다. 내 실수가 아니더라도 뼈아프긴 마찬가지이고.

편집을 하다 보면, 참 신기하게도 읽고 싶은 대로 읽어지는 마법의 순간이 있다. 편집기자 두세 명이 검토한 기사 본문이고 제목인데, 잘도 피해서 보란 듯이 오자가 있는 채 기사로 공개된 것이다. 기사 하단에 있는 '오탈자 신고'를 통해 독자들이 보내오는 지적 사항들을 볼 때마다 은근히 스트레스가 쌓인다. 출근할 때마다 '오늘도 무사히'란 말이 절로 나온다.

요즘은 생소한 외국어 표기나 신조어도 너무 많다. 줄임말은 또 어찌나 많이 쓰는지. 긴가민가하는 것들은 국립국어원에서 운영하는 어문규범 문의 사이트 '온라인가나다'에서 확인도 해본다. 각별히 주의한다고 하는데도 오탈자는 나온다. 변명의 여지가 없는 실수다. 실수를 줄이려고 눈으로 읽고, 입으로 읽고, 다시 또 눈으로 읽는다. 인터넷 맞춤법 검사기도 100퍼센트 믿을 것은 못 된다. 의외로 걸러지지 않는 오자도 많기 때문이다.

어떤 경우에도 오보는 안 된다. 이것은 매체 신뢰도와 관련 있는 일이기에 어떠한 실수도 용납되지 않는다. 그래도 오보가 생기면? 신속하게 처리해야 한다. 시민기자의 기사가 오보라는 사실이 접수되면 곧바로 시민기자와 연락을 취해 사실 관계를 다시 확인한다. 오보가 맞으면 최대한 빨리 기사를 수정한다. 경우에 따라서는 정정 보도나 사과문을 내는 경우도 있다. 고의성이 있었거나 팩트 체크를 부주의하게 한 경우라면 시민기자 윤리강령에 따라 징계 절차를 밟기도 한다.

오마이뉴스는 창간 때부터 약관 및 정책 안내에 시민기자 윤리강령을 포함시켜 시민기자로 활동하면서 지켜야 할 여러 가지 규칙, 윤리와 책임을 정해두었다. 시민기자로 활동하려는 분들이나 이미 활동 중인 분들이라면 반드시 확인해야 할 내용이다.

시민기자 윤리강령을 어긴 시민기자를 징계해야 할 때면 나는 편집기자라는 이 일이 참 힘들게 느껴진다. 특히 시민기자와 편집부의 입장이 너무도 팽팽하게 맞서는 경우에는 더욱 그렇다. 하지만 15만 명(2021년 현재까지 전체 누적)이 넘는 시민기자들과 함께 '시민참여 저널리즘'의 가치를 이어가기 위해서는 이러한 규정이 꼭 필요하다. 언론은 신뢰가 생명이다. 표절 행위를 한 경우, 자신의 신분을 속이고 취재한 경우, 기사 쓰는 행위를 통해 사적 이득을 취한 경우, 편집부에 알리지 않고 취재 편의를 제공받은 경우 등이 확인되면 징계 논의를 할 수밖에 없다.

시민기자와 편집기자는 갑을 관계가 아니다. 그럼에도 일을 하다 보면 그런 기분을 느낄 때가 있다. 가끔 "내 글에 절대 손대지 마세요"라고 반응하는 시민기자들이 있다.

편집기자의 수정 요청을 거부하거나 기사로 채택하지 못한 이유를 설명하면 화부터 내는 경우도 있다. 아주 심한 경우에는 편집기자의 수준을 거론할 때도 있다. 이제와 고백하지만 편집기자 경력이 얼마 되지 않았을 때는 어리다는 이유로, 여자라는 이유로 시민기자들에게 무시당하지 않으려고 모르는 내용까지 아는 척할 때가 있었다. 모른다는 말은 어쩐지 하기 싫었다. 시민기자와 전화를 끊고 나서 통화한 내용을 복기하고 검색해서 다시 알아보는 수고를 마다하지 않았다.

지금은 '사는 이야기'와 문화, 여행, 책동네 편집을 전담하고 있지만, 예전에는 정치, 경제, 사회, 스포츠, 문화 등 모든 분야의 기사를 검토했다. 하루 동안 벌어지는 각 분야의 모든 이슈를 다 알기란 현실적으로 불가능했다. 당연히 모르는 것이 있을 수 있는데, 잘 모른다는 말이 입에서 떨어지지 않았다.

모르는 걸 아는 척하는 데는 한계가 있다. 그 한계에

도달했을 즈음인가. 내가 잘 모르는 분야의 글을 쓴 시민기자에게 솔직하게 말하기 시작했다. "제가 잘 모르는 내용이라 이해가 어려워서 그러는데, 좀 더 구체적으로 알려주세요. 독자들에게 좀 더 쉽게 설명하면 글이 더 좋아질 것 같아요." 모르는 것은 부끄러운 게 아니었다. 배우겠다는 자세로 질문하는 편집기자를 무시하는 시민기자는 없었다. 도리어 "쉽게 쓰지 못해서 죄송하다"는 말이 돌아왔다.

가뜩이나 작은 새가슴이 쿵쿵 뛰는 일도 있었다. "앞으로 오마이뉴스에는 기사를 쓰지 않겠습니다", "○○○ 편집기자 보세요", "사진이 왜 빠졌죠?", "기사 제목 바꿔주세요", "제 글이 왜 채택되지 않았죠?", "세 번째 문단은 왜 빼신 거죠?", "대표에게 꼭 전해주십시오" 등등. 제목만 봐도 내가 뭘 잘못했나 싶어 심장이 먼저 쪼그라든다. 시민기자들은 당연히 궁금할 수 있는 내용이고 편집기자의 답변이 필요한 사항들이다. 그걸 몰라서 그러는 게 아니다.

같은 말이라도 글자로만 보면 뉘앙스가 헷갈릴 때가

있다. '문의'가 아니라 '항의'로 읽히는 글을 보면 가끔씩 서운했다. 때때로 말 못할 감정을 느끼기도 했다. 감정을 개입시키지 않고, 일에 대한 질문에는 일로 답변하면 그만인데 그때는 왜 그렇게 힘들었을까? 물론 경력이 좀 더 쌓인 지금이라고 해서 늘 괜찮은 것도 아니지만.

어느 날 라디오에서 흘러나온 사연이 기억난다. "아이들이 있어서 행복하지만 아이들이 있어서 힘들다"는 한 청취자의 사연이 편집 일을 대하는 나의 마음과도 절묘하게 맞아떨어지는 것 같았다. 이 일을 하는 나를 기쁘게 하는 이도, 힘들게 하는 이도 다 시민기자니까.

당신의 첫 글을 기억하는 사람

누군가를 일상적으로 만나는 일이 이렇게 울컥하도록 감동적인 일이었다는 것을 새삼 알아가는 중이다. 코로나19 때문이다. 코로나 팬데믹 직전이던 2019년은 내가 전국을 돌아다니며 시민기자들을 가장 많이 만난 해였다. 창원, 대구, 광주, 군산……. 두 달에 한 번 꼴로 1박 2일 동안 후배와 둘이 출장을 다녔다. 오랜 기간 편집기자를 했지만 2019년 7월부터 12월까지 6개월 동안 가장 많은 출장을 기록했다. 자주 볼 수 없었던 전국에 있는 시민기자들을 만나면서 내 일에 대해, 내 일의 즐거움에 대해 다시 한번 돌아볼 수 있었다.

함께 동행했던 후배는 스스로를 대단히 낯가리는 사람이라고 했지만 시민기자들을 만날 때면 집중해서 이야기를 듣고 필요한 말을 해주었다. 미팅이 끝나면 초죽음이 되었지만 만족하는 표정이었다. 후배는 시민기자들을 위해 자신이 무엇을 더하면 좋을지 항상 고민했다. 그는 자신이 하는 일의 의미를 잘 아는 것 같았다.

최성연 시민기자가 쓴 책 《딱 일 년만 청소하겠습니다》에도 나오는 것처럼 "지금 내가 하고 있는 일이 무엇을 위한 일인지, 다른 일들과는 어떻게 연결되는지, 전체 계획 속에서 어느 지점에 있는지를 알면서 할 때와 아무런 이유도 목적도 모른 채 그냥 할 때, 일하는 사람의 몸과 마음은 달라도 많이 다르다"는 것을 나는 그 후배가 일하는 모습을 보며 배웠다.

후배만큼 낯을 많이 가리는 사람은 아니지만 나 역시 모르는 사람을 친근하게 대하는 일이 처음부터 쉬웠던 것은 아니다. 특히 전화 업무가 어려웠다. 기사를 검토하면서 사소한 오타부터 잘 이해가 가지 않는 문장이나 팩트 체크 때문에 시민기자와 통화를 해야 하는 일이 많았다. 처음엔 얼마나 어색했는지 모른다. 내 예상대로 혹은 의도한 대로 이야기가 잘 풀리면 좋은데, 그러지 않고 시민기자가 불편해하거나 언짢은 내색을 할 때면 어떻게 해야 할지 몰라 헤매곤 했다.

동료들과 함께 있는 사무실에서는 그런 내 모습을 보이고 싶지 않았다. 프로답게 당당하게 일하고 싶었다. 현실은 그런 마음과 달리 어리바리한 순간들이 공개되는 날이 많았다. 긴장하고 화나고 속상하고 짜증나는 내 감정이 고스란히 노출되었다. 시민기자들도 편집기자와의 통화를 어려워했다. 기사 내용을 확인하기 위해 편집기자가 이것저것 묻는 것이 시민기자에게는 따지듯 혹은 취조하듯 들린다고 했다. 시민기자에게 전화를 하면 "제가 뭐 잘못했나요?"라고 먼저 물을 때도 있었다. 전화 업무의 이런 어려움과 피로감은 편집기자 회의에서도 종종 논의되었다.

자리에 모인 편집기자들은 "우리가 통화하는 걸 들으면 솔직히 약간 무서울 때도 있다"며 스스로의 모습을 돌아보기도 했다. 회의는 대부분 "위압감을 느끼거나 불편함을 느끼는 시민기자도 있으니 가급적 그런 일이 없도록 잘하자"로 마무리되었지만 말처럼 쉽지는 않았다.

그래도 전화 업무는 일상적으로 꼭 해야 하는 일이었

다. 전화 통화나 문자 메시지 등을 통해 소통의 경험이 한두 번 쌓이다 보면 시민기자와 편집기자 사이에 라포르(rapport, 친밀감 또는 신뢰 관계)가 생기기도 했다. 그러면 기사에 대해 논의하거나 청탁을 하기가 한결 수월했다. 이렇게 전혀 몰랐던 사람들과 협업을 통해 좋은 기사를 만들어내면서 우리는 느슨한 의미의 동료가 되었다. 그야말로 파트너. 시민 기자와 편집기자가 믿고 맡기는 관계가 되는 것이다.

　　이런 신뢰 관계가 오래 지속되면 좋겠지만 안타깝게 도 그러지 못한 경우도 많다. 내 경험상 시민기자와의 관계 가 소원해지는 가장 흔한 이유는 자신이 쓴 기사를 편집기 자가 소홀히 처리한다고 여길 때가 아닌가 싶다. 예상했던 위치에 기사가 배치되지 않으면 서운한 마음이 커질 수밖 에 없다. 오름이나 으뜸처럼 톱기사를 자주 쓰던 시민기자 에게도 어느 날은 기사로 처리되지 않는 일이 생긴다. 이럴 때는 오래 활동한 시민기자일수록 그에게 기사의 부족함을 곧이곧대로 이야기하기가 참 어렵다. 시민기자 입장에서도 흔쾌히 받아들이지 못하는 경우가 많다.

　　슬럼프에 빠진 시민기자들은 기사를 쓰는 횟수도 줄어든다. 오마이뉴스와 시민기자는 고용 관계가 아니다. 그렇기 때문에 편집기자는 시민기자가 기사를 안 쓰겠다고 하면 그의 결정을 따를 수밖에 없다. 이런 시민기자들에게 어떤 말을 해줄 수 있을까. 마땅한 이야기를 찾기가 어려웠다.

　　그런데 어느 날 우연히 보게 된 가수 오디션 프로그램에서 힌트를 얻었다. 아무리 노래를 잘하는 친구도 매 무대마다 훌륭한 퍼포먼스를 보여주는 것은 아니었다. 그날 컨디션이 안 좋아서 혹은 다른 참가자의 멋진 무대를 보고 동요하는 바람에 제 실력을 뽐내지 못하는 경우도 있었다. 매 라운드마다 그날그날 노래가 달리 들렸다. 좋을 때도 있고, 그렇지 않을 때도 있었다. 하지만 실력자가 무대를 망쳤다고 해서 다음 무대를 포기하는 경우는 한 번도 보지 못했다. 실패를 경험으로 삼고 더 나은 모습, 새로운 모습을 보여주었다. 나는 그 가수의 실력을 떠나 이런 태도를 훨씬 높이

샀다. 오디션 참가자들은 그렇게 자신만의 드라마를 한 편씩 써나갔다.

　시민기자도 마찬가지가 아닐까. 톱기사가 될 만한 글을 계속 쓰면 좋겠지만 그러지 못할 수도 있다. 글 자체에 문제가 있을 수도 있고, 다른 외부 요인 때문에 그럴 수도 있다. 그러니 그냥 이런 날도 있다고 생각하면 어떨까. 그렇게 자신의 한계를 이겨낼 때 그들은 시민기자에서 작가로 성장했다. 시민기자로 오마이뉴스에 쓴 글을 밑거름 삼아 책을 낸 사람이 여럿이다. 작가가 된 시민기자의 첫 글을 기억하는 사람이 바로 나다. 다음 작가는 이 글을 읽는 바로 당신이면 좋겠다.

판단이 좀 다르면 어때?

"언니, 제가 온라인 통신판매 시작했잖아요. CS 업무가 힘들다고 해서 걱정했는데, 생각만큼 어렵지는 않더라고요. 그런데 CS 하면서 보니까 정말 별의별 사람들이 다 있는 거 있죠. 반품 비용 아끼려고 거짓말하는 사람도 있고, 또 게시판 글만 보면 무서운데 막상 통화하면 의외로 쿨한 소비자도 있고 그래요."

주말이면 같이 산에 다니는 동네 친구에게서 새로 시작한 일 이야기를 들었다. 그런데 가만히 보니 그가 말하는 CS 업무를 나도 하고 있는 게 아닌가. CS는 고객 만족(Customer Satisfaction)의 약자다. 회사나 기업에서 고객 또는 소비자의 만족을 목표로 하는 경영 기법이다. 콜센터나 인터넷 사이트의 고객 응대 업무를 떠올리면 이해하기 쉬울 것이다. 그런데 이 일이 어째서 편집기자인 나와 상관있다고 하는 것일까?

내가 일하는 곳이 바로 '시민참여 저널리즘'을 표방하는 오마이뉴스이기 때문이다. 시민기자 게시판에 올라온 문의 내용을 처리하는 것부터 딱 CS 업무다. 오탈자 수정부터 문장 삭제 및 추가, 기사 보강 내용 반영, 제목이나 부제 수정, 사진 추가 및 삭제, 관련 기사나 유튜브 링크 삽입 등의 요청과 기사 비채택 이유 문의, 각종 증명서 신청, 원고료 문의, 편집기자 소통 방식에 대한 문제 제기, 취재 방법 문의, 수년 전 기사의 수정 및 삭제 요청, 저작권 문의, 출판 관련 문의, 공문 관련 문의, 기사 출고 일자 문의, 중복 송고 방법 및 방침에 대한 문의, 각 분야별 편집 기준 문의…… 반복되는 질문도 있지만 제각기 다른 요청과 문의가 끊이지 않는다. 이런 '민원'에 적절히 대응하는 것, 오마이뉴스 편집기자라면 누구나 해야 하는 일이다.

　　매뉴얼처럼 고정된 답변이 있는 문의도 있지만 대부분은 실전이었다. 경험이 부족한 편집기자 초창기에는 이런 문의 하나하나에 굉장히 예민했다. 주고받는 한마디 한마디가 심장에 가시처럼 박히는 것만 같았다. 상대를 원망할 때도 있었지만 이게 다 내가 잘하지 못해서 벌어진 일이라고 자책할 때도 많았다. 도무지 의견 차이를 좁히지 못한 채 시민기자와 한바탕 설전을 벌인 날은 그날의 에너지를 전부 소진한 기분이었다. '이 일이 나와 맞지 않는 걸까…….' 어디론가 그저 숨고 싶었다.

기사 처리 방향을 두고 내부에서 이견이 있거나 시민기자에게 좀 더 분명하게 내 생각을 설명하지 못한 날에는 한숨이 절로 나왔다. 탄탄한 논리를 준비하지 못하고 이리저리 흔들리는 나 자신이 너무 싫었다. 그땐 그랬다. 젊음과 열정은 충만했으나 경험이 부족했고 노련미가 없었다. 그리고 부족한 것들을 나의 전체적인 업무 능력과 동일시했다. 편집기자로서의 자질을 의심했다. 쉽게 흥분하고 상처받았다. 잘하고 싶은 마음이 앞서서 스스로를 한없이 다그쳤다.

다행히도 그 늪에서 빠져나올 수 있었던 것은 같이 일하는 편집기자들 때문이었다. 내게 없는 노하우가 그들에겐 있었다. 얼굴 한번 본 적 없는 시민기자에게 말을 거는 법, 이견을 좁히는 대화법, 이견이 좁혀지지 않을 때 대화를 잘 마무리하는 법, 상대방이 '상의한다'고 느낄 수 있는 분위기와 자세를 배웠다. 시간을 갖고 생각해도 되는 일과 즉시 해결해야 하는 일을 구분할 수 있게 되었다. 어찌할 줄 몰라 동동거리는 일이 줄었다. 같은 일을 하는 동료로서 서로 공감해주었다. 네 탓이라고 누구도 쉽게 말하지 않았다.

다행히도 일과 함께한 세월이 길어지면서 CS 업무에 대한 나의 태도도 조금씩 달라졌다. 시민기자 입장에서 생각해보려고 노력하니 CS 처리 과정의 문제점이 보였고, '어떻게 하면 시민기자들이 기사를 쓰면서 느끼는 불편함을 줄일 수 있을까'도 고민하게 되었다.

실전의 경험이 쌓이고 시민기자 응대 업무를 점점 능숙하게(라고 쓰지만 여전히 어렵고 까다롭다) 처리할수록 보람도 느꼈다. 시민기자와 신뢰를 쌓아가는 계기도 되었다. 여전히 부족하다고 느끼지만 연차가 쌓일수록 내려놓을 줄 아는 용기, 이해하고 포용하는 마음이 커지는 것 같다.

간혹 입사 초창기 이리저리 휘둘리고 흔들렸던 내 모습을 후배들에게서 보게 될 때가 있다. 그때의 나는 나 스스로를 토닥이지 못하고 한없이 다그치기만 했는데 후배들은 어떤 마음일까. 지금의 내가 16년 전의 나, 입사 3년 차 시절의 나에게 꼭 해주고 싶은 말이 있다면 이런 것이다.

"시민기자든 누구든 이기려고 하지 마. 편집은 이기고 지는 문제가 아니야. 그리고 네 판단을 의심하지 마. 때로는 확신도 필요해. 판단이 좀 다르면 어때? 틀린 것도 아니고 실패한 것도 아니야. 그러면서 하나씩 배워나가는 거지. 충분히 잘하고 있으니까 너무 걱정하지 마."

사는 이야기가 글이 될 때

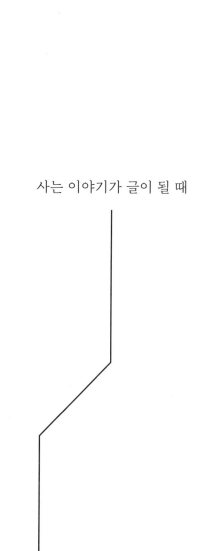

순간을 잡아야 글이 된다

거의 모든 글쓰기 책에서 강조하는 것이 있다. 바로 '메모하기'다. 얼마나 중요하면 《아무튼, 메모》라는 제목의 책도 나왔을까. 스타 작가든 이제 막 첫 책을 낸 신인 작가든 마찬가지다. '메모 없이는 책 한 권도 쓰지 못했을 것'이라는 말은 과장이 아니다.

메모하기는 특별하지 않아서 누구라도 할 수 있을 것 같은 글쓰기 습관이다. 요즘 나는 카카오톡에 있는 '나와의 채팅'을 활용해 메모를 남긴다. 메모하는 내용이 많아질수록 저장된 기록을 찾는 것도 일이었다. 그런데 카카오톡은 매일, 매시간 사용한다는 점에서 '나와의 채팅'에 기록해두면 확인하기가 편했다. 씻을 때를 빼고는 항상 핸드폰과 가까이 있으니 수시로 기록하고 확인할 수 있어 메모하는 데 도움이 된다.

사실 메모에 대한 지금 이 이야기도 잠자리에서 생각했다. 쓰고 싶은 이야기가 떠올랐을 때 바로 메모를 해두었더라면 좋았을 텐데, 그 잠깐이 귀찮아서 그냥 잤다. 후회할

걸 뻔히 알면서도 말이다. 다음날 '혹시나' 했지만 '역시나' 였다. 뭘 쓰려고 했는지 생각이 잘 나지 않았다.

책상 앞에 앉아 나쁜 머리를 탓하며 기억의 끝자락을 열심히 헤집었다. 이번에는 운이 좋아 이렇게 쓰고 있지만, 대부분은 그러지 못할 때가 더 많다. 거짓말을 조금 보태면 그렇게 사라진 글감만 책 한 권 분량은 될 것이다.

나처럼 이러면 곤란하다. 글을 쓰려면 스치듯 떠오르는 글감을 꽉 붙잡아야 한다. 나쁜 기억력을 탓할 이유가 없다. 조금만 부지런하면 된다. 일상에서 글감이 번개처럼 떠오르는 일은 수시로 일어난다. '어떻게 이런 말을 할 수 있지?' 싶은 아이의 말을 들었을 때, 친구들과 수다를 떨다가 너무 와닿는 말을 들었을 때, 영화나 드라마 혹은 예능 프로그램에서 글감으로 쓸 만한 대사를 만났을 때, 책 속에서 좋은 문장을 발견했을 때…… 감탄이 메모로 이어지면 좋은 글을 쓸 수 있다. 순간을 잡아야 글이 된다.

여기저기에 수첩을 놓아두는 것도 도움이 된다. 나

만 해도 가방에 하나, 책상에 하나, 거실 테이블에 하나, 침대 맡에 하나가 있다. 너무 늦은 밤, 핸드폰으로 쓰기가 꺼려진다면 그럴 때는 직접 펜을 쥐고 쓰는 것도 좋다. 손글씨로 적으면 가끔은 기분 전환이 되기도 한다. 이때 중요한 점이 있다. 수첩에 적은 메모들을 하루 날 잡아서 컴퓨터 파일로 옮겨야 한다는 것이다. 아이디어를 타이핑하면서 하나의 글을 완성할 수도 있고, 나중에라도 하나의 완성된 글을 쓰는 데 좋은 자료가 된다. 무엇보다 빨리 옮겨두지 않으면 악필을 알아보기 힘들다. 내 글씨를 내가 못 알아보다니. 나는 이게 제일 큰일이다.

기자님, 어떻게 알고 쓰셨어요?

　　기사에는 어떤 종류가 있을까. 우리가 가장 많이 알고 있는 것은 누가(who), 언제(when), 어디서(where), 무엇을(what), 왜(why), 어떻게(how)에 따라 작성하는 즉, 정보 전달을 목적으로 육하원칙에 따라 짧게 작성하는 스트레이트 기사다. 스트레이트 기사에 해설이 더해지거나 분석이 추가되면 해설 기사 또는 분석 기사가 된다. 이 외에도 인터뷰 기사, 스케치 기사, 르포 기사 등이 있다.

　　시민기자들이 쓰는 현장 기사는 대부분 스트레이트 기사다. 스트레이트 기사에 현장 사진을 더하면 간단하게 소식을 전달하기 위한 기사 작성은 끝났다고 볼 수 있다. 집회나 시위, 토론회, 기자회견 현장 등을 전하는 기사를 떠올리면 이해하기 쉬울 것이다. 사람들이 모이거나 사건이 벌어진 곳은 모두 취재 현장이다. 대중의 관심이 큰 현장일수록 편집기자도 기사를 검토할 때 더 꼼꼼해진다. 제목을 잘 뽑기 위해 글이나 사진에 새로운 뉴스(정보), 중요한 장면이 하나라도 더 있나 살피게 된다.

시민기자가 어떤 사건의 제보를 받아서 기사를 쓰는 경우도 있다. 이런 기사를 검토하고 편집할 때는 한 문장 한 문장 더 세심하게 확인한다. 제보 기사를 검토할 때는 우선 제보자를 포함한 취재원을 신뢰할 수 있는지 따져보는 일이 무척 중요하다. 취재원의 말에 100퍼센트 의존하는 기사는 위험하다. 취재원의 말을 그대로 받아쓰기 하는 사람은 기자가 아니다. 기자는 취재원의 대변인이 아니다. 기자라면 취재원의 말을 충분히 듣되 그가 제보한 내용, 그가 주장하는 사실 등이 맞는지 직접 자료를 찾아보거나 주변 취재를 통해 확인하는 과정을 반드시 거쳐야 한다.

시민기자가 쓴 글을 검토하다 보면, 뭐라 딱히 꼬집어 말하긴 어렵지만 알 수 없는 이상한 느낌이 들 때가 있다. 기사를 보는 경험이 쌓이면서 생기는 '촉'이라고 해야 할까. 이런 찜찜한 기분이 들면, 글을 쓴 시민기자에게 전화를 걸어 확인부터 한다.

"기자님, 이 내용은 어떻게 알고 쓰셨어요?"

"제가 아는 사람이 당한 일이라서 기사로 썼는데, 이렇게 쓰면 안 될까요?"

이런 분들은 솔직한 경우다. 가끔은 숨기려고 하는 경우도 있다. 하지만 이야기를 계속하다 보면 다 드러나기 마련이다. '아는 사람이 당한 일'에 대해서도 기사를 쓸 수 있다. 하지만 그 글이 기사가 되려면 잘 써야 한다.

시민기자와 직접적인 이해관계가 있는 취재원이라면 더 신중해야 한다. 충분한 검증과 확인 취재를 통해 기사가 된다는 판단이 설 때 기사로 써야 한다. 기사를 대가로 뭔가를 받아서도 안 된다. 어떤 의도를 가지고 보복성 글을 쓰거나 명예훼손의 목적을 가지고 글을 써도 안 된다. 그런 글은 기사가 될 수 없다. 기사는 어떤 경우라도 공정성(객관성)과 공익성을 담보해야 한다는 사실을 기억해야 한다.

현장 기사 다음으로 많은 것이 의견성이나 주장성 기사다. 일간지의 오피니언 섹션을 떠올리면 이해하기 쉽다. 사회적인 이슈나 정치적인 상황에 대해 자신의 의견이나 주장을 충분한 근거로 분명하게 밝히면 그것으로도 좋은 글이 될 수 있고, 그 글을 통해서 우리 사회에 영향을 미칠 수 있다.

오마이뉴스라는 플랫폼은 그런 면에서 정말 탁월한 매체라고 생각한다. 모두가 '네' 혹은 '아니오'라고 말할 때, '제 생각은 좀 다릅니다' 하고 자신의 생각을 언제 어디서든 글로 써서 세상에 보여줄 수 있다는 것은 꽤 멋진 일이다. 꼭 직업기자가 아니더라도 내 글을 쓰면서 시민기자로 활동할 수 있다는 것은 근사한 일이 아닐까.

직업기자들도 좀처럼 하기 힘든 특종을 시민기자들이 멋지게 해내기도 한다. '4대강 요정'으로 불리는 김종술 시민기자, 환경 전문기자로 손꼽히는 최병성 시민기자 같은 분들은 끈질긴 추적 보도와 탐사 보도로 수많은 특종을 냈다.

이 일을 하면서 세상엔 내가 알지 못하는 정말 다양한 목소리들이 있다는 걸 깨닫게 된다. 기존 언론에서는 잘 보여주려고 하지 않거나 혹은 다루지 않는 사람들의 이야기를 오마이뉴스에서는 들을 수 있다. 그것도 아주 구체적으로 말이다. 시민들이 직접 자신의 목소리로 들려주는 다양한 삶을 기사로 편집하는 나의 일은 그런 면에서 정말 의미 있다고 생각한다.

그런데 시민기자들이 주장성 기사를 쓸 때 종종 하는 실수가 있다. 보통 주장성 기사들은 대통령 탄핵, 검찰 개혁, 부동산 정책 등 정치, 사회, 경제 분야의 이슈를 다룰 때가 많다. 가장 뜨거운 현안을 다루면서 그에 대한 자신의 생각이나 주장을 밝히는 것이다. 이런 민감한 현안을 다루는 기사에서 '팩트'를 틀리기라도 한다면? 생각만 해도 땀이 난다. 그런데 이런 실수는 생각보다 자주 생긴다.

기사를 쓸 때는 아는 내용이라고 해도 확인 없이 그냥 쓰면 안 된다. 기억은 쉽게 왜곡된다. 다른 언론 보도나 자료 등을 참고해서 반드시 체크해야 한다. 날짜, 이름, 장소, 사건명 등 팩트 하나하나에 신경을 써서 정확하게 담아야 한다. 또 내 주장을 뒷받침하기 위해 근거 자료를 인용할 때도 정확해야 한다. 언제 나온 자료인지, 어디서 본 자료인지 확인해야 한다. 신뢰할 만한 출처가 아니라면 내 주장을 뒷받침하는 근거로 삼기 어렵다. 근거는 반드시 정확한 사실에 기반을 두고 있어야 한다. 혼자만 아는 근거가 아니어야 한다.

사실 관계를 틀렸거나 어떤 사안을 잘못 이해한 상태에서 글을 쓰면, 의견이나 주장의 전제 자체가 달라지기 때문에 그 글은 완결성을 상실하게 된다. 시의성 있는 기사의 경우에는 빨리 쓰는 것도 중요하다. 시간이 지나면 글에서 언급한 상황 자체가 바뀌어 기사의 가치가 떨어질 수 있기 때문이다. 그래서 시의성 있는 현안을 기사로 쓰는 것은 어렵다. 빠르고 정확하게 써야 하기 때문이다.

자료를 활용하는 과정에서 출처 표기를 하지 않고 그대로 복사해서 쓰는 경우가 있다. 글뿐만 아니라 사진, 그림, 그래픽 같은 이미지에도 모두 저작권이 있다. 무단으로 사용하면 절대 안 된다. 사용 허락을 받은 뒤에 출처를 정확하게 표기해야 한다.

　　현안을 다루는 기사를 쓸 때는 특히 맥락을 잘 살펴야 한다. 하나의 기사에는 그 사안 자체를 이해할 수 있도록 관련 내용이 온전히 담겨 있어야 한다. 한번은 기사를 검토하다가 '이 일이 왜 이렇게 진행된 것인지'에 해당하는 내용이 빠져 있어 글을 쓴 시민기자에게 물어보았다. 그랬더니 "아, 지난 기사에서 이미 다 설명한 내용이라 이번에는 뺐다"는 답이 돌아왔다. 시민기자들이 종종 헷갈려하는 대목이다. 기사를 쓸 때는 독자들이 이전 기사를 찾아서 볼 거라는 기대를 하지 않는 것이 좋다. 애써 찾아보는 사람보다 그렇지 않은 이가 더 많기 때문이다. 또 이슈가 된 내용일수록 사람들이 다 알 것 같지만 현실은 그렇지가 않다. 그러니 친절하게 써야 한다. 그 기사 하나만 읽어도 사건의 흐름과 개요를 알 수 있게 써야 한다.

　　이처럼 글 쓰는 데 제약도 많고, 만만한 글쓰기가 아

님에도 많은 시민기자들이 정치, 사회, 경제 분야의 기사를
쓰는 이유는 무엇일까? 나는 기사가 가진 영향력 때문이라
고 생각한다. 이슈에 대한 주장성 기사는 특히 독자들의 반
응이 가장 즉각적으로 나타난다. 찬성하는 입장과 반대하
는 입장이 나눠지면서 댓글 분위기가 뜨겁고, 기사 공유와
'좋아요' 횟수가 늘어난다. 그러다가 점점 더 여론이 모여 세
상을 바꾸는 일이 벌어지기도 한다. 이렇게 반응을 얻으며
독자들과 소통하는 그 짜릿한 경험과 희열 때문에 오늘도
시민기자들이 기사를 쓴다고 생각한다. 안 해본 사람은 절
대 모른다. 그 기쁨을 느껴보고 싶다면, 지금 시작해도 결코
늦지 않다.

이 사람을 왜 만나야 할까

　　기자에게 인터뷰는 고된 노동이다. 기사를 쓰는 과정에서 어느 것 하나 쉬운 게 없기 때문이다. 일단 인터뷰에 응해줄 인터뷰이 섭외부터 어렵다. 책을 쓴 저자를 인터뷰하는 경우에는 노동이 한 단계 더 추가된다. 책을 미리 읽어야 하는 노동. 이때는 여가 시간에 취미로 책을 읽듯이 편하게 읽을 수도 없다. 어떤 질문을 하면 좋을지 인터뷰를 구상하며 읽어야 하니, 좀체 진도가 나가지 않는다.

　　일대일로 만나 대화하는 것도 부담이다. 눈과 눈을 마주하고 1시간가량 이야기를 나눈다는 게 말처럼 쉬운 일이 아니다. 대화를 주도적으로 이끌어야 한다는 부담도 크다. 적지 않은 노동과 어려움을 감내하며 인터뷰를 끝내고 돌아섰는데 '망했다' 싶은 느낌이 들 때가 있다. 자다가도 벌떡 일어나 '이불킥'을 날리고 싶은 순간들도 있다. 대화를 장악하지 못했을 때 드는 자괴감이란…… 겪어보지 않은 사람은 모른다.

　　인터뷰를 잘 마치고 와도 일이 끝난 게 아니다. 인터

뷰 내용을 기사로 정리하기 위해서는 녹취를 해야 한다. 정확히 옮겨야 하기 때문에 허투루 들을 수도 없다. 숨소리 하나 놓치지 않겠다는 마음으로 깨알같이 풀어낸 녹취록을 보면 어느 대목 하나 소중하지 않은 게 없다. 이 대목도 좋은 것 같고, 저 질문도 좋은 것 같고……. 그런데 기자는 이러면 안 된다. 골라내야 한다. 과감히 빼야 한다. 기사이기 때문이다. 독자는 바쁘다. 독자가 포털 사이트에서 뉴스를 볼 때, 기사 하나를 보는 시간은 유감스럽게도 1분이 채 안 된다. 글을 읽지 않는 시대, 글보다 재밌는 영상이 차고 넘치는 시대다. 그래서 기자가 핀셋처럼 콕 집어 알려줘야 한다. 상대적으로 직업기자보다 인터뷰 경험이 많지 않은 시민기자 입장에서는 이렇게 쓴다는 게 말처럼 쉽지 않다.

　편집기자의 역량은 이럴 때 발휘된다. 편집기자는 인터뷰어가 아니기 때문에 인터뷰 전체를 좀 더 객관적으로 볼 수 있고 핵심 내용을 간추릴 수도 있다. A4 12장 분량의 글을 반으로, 필요하다면 그 반으로도 줄일 수 있다. 아무리

정성껏 쓴 기사라도 분량이 과하게 많다고 판단되면 시민기자와 논의한 뒤 꼭 필요한 내용을 중심으로 글을 완성시킨다.

　우선 이야기가 분산되지 않고 하나의 주제로 응집될 수 있도록 질문과 대답을 고르고 고른다. 독자들이 흥미를 느낄 수 있는 내용 중심으로 질문을 모으고, 꼭 알아야 할 내용이 아니라면 과감히 생략한다. 인터뷰는 결국 선택이다. 무엇을 강조하고 알릴지 선택하는 일. 물론 이때도 맥락을 살펴서 전달하는 게 중요하다. 앞뒤 맥락을 자르고 특정 부분만 싣는 것은 기사를 살리는 편집이 아니다.

　처음으로 인터뷰 기사를 쓴 시민기자의 글을 검토하고 나서 이런 말을 해준 적이 있다.

　"기자님, 인터뷰할 때는 여러 이야기를 많이 하게 되잖아요. 그런데 기사로 쓸 때는 그중에서 꼭 말하고 싶은 이야기, 꼭 해야 하는 이야기를 골라내는 게 중요해요. 나는 궁금한데 독자 입장에서는 그렇지 않을 수도 있거든요. 핵심은 '독자에게 무엇을 전달할 것인가' 하는 거예요. 팬심으로 인터뷰할 때는 특히 더 세심할 필요가 있어요. 인터뷰이에 대해 독자들이 나만큼 알고 있다고 생각하면 안 되고, 내 궁금증을 해결하는 자리로 삼아서도 안 돼요. 나만 참고하면 될 이야기인지, 독자들이 관심을 가질 만한 내용인지를 생각하면서 글을 정리하면 도움이 될 거예요. 그래서 인터뷰 기사는 '내가 이 사람을 왜 만났는지'가 제일 중요해요. 그게 인터뷰 기사의 시작인 것 같아요."

그런데 이걸로는 뭔가 부족한 느낌이었다. 더 잘 알려주고 싶었다. 현장을 더 많이 경험한 취재기자의 인터뷰 노하우를 들려주면 더 도움이 되지 않을까? 최근 오마이뉴스에서 인터뷰 기사를 가장 많이 쓴 기자가 누구인지 떠올려봤다. 독립편집부 '이음'의 이주연 기자가 생각났다.

이주연 기자는 끊임없이 경쟁을 요구하는 사회에서 '염치'의 가치를 살피기 위해 다양한 사람들을 만나 '당신의 삶에서 염치는 무엇인지'에 대해 인터뷰를 하고 기사를 썼다. 그 내용을 엮어 《사람이 염치가 있어야지》를 출간했다. 인터뷰를 잘하는 노하우가 있을 것 같아 이 기자에게 메시지를 보냈다.

"시민기자들이 인터뷰를 많이 어려워하는데, 인터뷰를 할 때 가장 먼저 생각해야 할 점이 있다면 무엇일까요?"

"음…… '이 사람을 왜 만날까', '왜 인터뷰를 해야 할까' 아닐까요?"

그러면서 인터뷰 기사를 쓸 때 중요한 두 가지 팁을 소개했다. 첫째, 가능하면 기사 도입부에 독자가 이 사람의 이야기를 왜 읽어야 하는지, 그리고 이 사람은 누구인지를 알려주고 시작하라는 것이다. 이 말은 기사의 동기가 드러나야 한다는 뜻이다. 사회적 이슈와 관련이 있기 때문인지, 화제의 인물이기 때문인지 등등 그 사람을 인터뷰한 이유가 드러나야 한다고 했다.

둘째, 인터뷰를 마치면서 제목이 떠올라야 하는데, 그러지 않으면 성공적인 취재가 아니었을 가능성이 높다고 했다. 이미 현장을 떠났다면 전화 인터뷰 등으로 보강할 것을 당부했다. 특히 인터뷰할 때 녹취는 기본이라면서도 인터뷰하는 중간중간 인상적인 대목이 있으면 무조건 메모하라고 조언했다. 그중에 제목으로 쓸 만한 것들이 있을 때가 있다면서.

쉬워 보여서 더 어려운 글

"서평은 어떻게 써요?"

"서평을 잘 쓰려면 어떻게 해야 하나요?"

어려운 질문이다. 나는 시민기자의 서평을 읽고 그 글이 기사가 될 수 있는지 검토하고 편집하는 사람이지 서평을 쓰는 사람은 아니다. 그렇지만 나 역시 서평을 잘 쓰고 싶은 마음이 있다. 그래서 서평가로 잘 알려진 '로쟈' 이현우 작가를 강연장에서 만났을 때 이런 질문을 해본 적이 있다. "잘 쓴 서평은 어떤 글인가요?" 그날의 기억을 떠올리면, 답변의 핵심은 이랬다. '책을 읽게 하거나, 안 읽게 하거나, 읽은 척할 수 있게 하거나' 하는 글이 좋은 서평이고, 그중에서 특히 '읽은 척할 수 있게 해주는 글이 잘 쓴 서평'이라고.

무슨 뜻일까? 그의 말을 좀 더 곱씹어보자. 독자들이 한번 보고 '읽은 척할 수 있는' 글을 쓰려면 어떤 내용이 필요할까? 다른 사람에게 어떤 책인지는 설명할 수 있어야 할 테니, 우선 책에 대한 정보를 제공해야 한다.

사실 이런 기본 정보는 보도자료에 다 나온다. 온라

인 서점에 가면 책마다 '출판사 제공 서평'이 있는데 이 내용은 누구나 볼 수 있다. 그런데 이 '출판사 제공 서평'을 베끼듯이 쓴 글은 서평도 아니고 기사도 아니다. 잘 쓴 서평, 좋은 서평에는 다른 뭔가가 더 있어야 한다. 그게 뭘까.

이현우 작가는 그날 이런 이야기도 들려줬다. "서평 쓰기에 특별한 노하우가 있는 것은 아니다. 잘 읽어야 잘 쓸 수 있다. 잘 읽고 잘 소화할 수 있어야 한다." 맞는 말이다. 책 내용을 잘 소화하고 있어야 핵심만 간결하게 잘 정리할 수 있다. 1분 1초가 바쁜 세상이다. 장황한 글은 독자를 끌어당길 수 없다. 줄거리만 길게 나열하거나 책 내용을 단순히 요약만 해놓은 글에서는 책의 매력을 발견하기 어렵다.

무턱대고 책이나 저자를 찬양하는 글도 기사가 되긴 어렵지만, 무턱대고 비난하거나 '나무가 아깝다'며 비아냥거리는 글, 근거도 없이 감정적으로 깎아내리는 글 또한 기사로 채택하기 어렵다. 독자를 고려하지 않은 채 혼자만의 감상만 나열한 글도 좋은 기사라고 볼 수 없다.

좋은 서평을 만나면 글을 읽고 나서도 여운이 남아 그 책을 직접 읽어보고 싶어진다. 그런 글에는 대부분 글 쓰는 사람의 고유한 경험이나 관점이 잘 녹아 있다. 개인의 경험이 책과 만나 자연스럽게 하나가 되는 서평, 미처 몰랐던 정보를 충실히 알려주는 서평, 글 쓰는 사람의 개성이 드러나면서 글맛이 있는 서평에 높은 점수를 주게 된다.

물론 기사로 봤을 때는 분명히 끌렸던 책인데, 막상 직접 읽어보면 별로일 때도 있다. 그러면 나는 이 책이 왜 별로인지 다시 한번 생각해본다. 서평을 쓴 사람이 느낀 감동을 나는 왜 못 느꼈을까? 이렇게 따지다 보면 이것이 글감이 되기도 한다. 사람마다 책을 읽고 느끼는 감동이 다른 건 당연한 일이다. 너와 나는 다른 사람이고, 살아온 환경도 다르기 때문이다. 같은 책을 읽은 시민기자들이 전혀 다른 서평을 썼을 때 서로 비교해보는 재미도 쏠쏠하다.

서평 기사도 시의성이 중요하다. 시대의 흐름을 잘 살펴볼 필요가 있는 것이다. 코로나19 이후 우리의 삶은 어떻게 달라지고 있는지, 기후위기의 원인은 무엇이고 어떻게 대처해야 하는지, 부동산 정책은 왜 계속 실패하고 있는지 등등 사회적 이슈와 현안을 다룬 책을 잘 발견해서 소개한다면 눈에 띄는 기사가 될 확률이 높다. 《90년생이 온다》라는 책이 화제일 때 실제 '90년대생'이 책을 읽고 서평을 쓴다면 어떨까. 90년대생과 같이 일하는 직장 상사가 책을 읽고 서평을 쓴다면 어떨까. 아마도 독자들의 시선을 사로잡을 수 있을 것이다. 그런 글을 발견하면 편집기자의 눈도 반짝인다.

　　사람들이 서평에 대해 오해하는 것이 있다. 쉽게 쓸 수 있는 글이라고 생각하는 것이다. 책이라는 매체가 누구나 쉽게 접근할 수 있다는 점에서 아주 틀린 말은 아니다. 하지만 책임 면에서 본다면 그렇지 않다. 절대 쉽게 쓰면 안 되는 글이다. 신중하게 써야 할 글이다.

　　세상에 나온 한 권의 책이 내가 쓴 서평 하나 때문에 독자들에게 온전히 평가받을 기회조차 갖지 못할 수도 있

다. 나에게는 큰 감흥을 주지 못한 책이라도 다른 사람에게
는 그렇지 않을 수 있다는 사실을 기억하면 좋겠다.

　　나에게도 서평은 참 어렵다. 퇴고의 시간이 길다. 서
평을 잘 쓰는 사람들이 유독 부러운 이유다. 서평을 잘 쓰기
위한 지름길은 없다. 계속 써야 한다. 그리고 많이 읽어야 한
다. 많이 읽고 많이 쓰는 것. 서평은 남들보다 좀 더 부지런
한 사람들이 쓸 수 있는 글이다.

디테일이 만든 차이

　보도자료를 바탕으로 쓴 글은 아무리 잘 써도 '보도 자료발'이라는 한계를 갖는다. 보도자료를 너무 자주 활용하면 독자들에게 좋은 인상을 주기 어렵다. 무엇인가를 그저 '홍보'하려는 목적으로 보도자료를 그대로 가져와 작성한 글은 대부분 기사로 채택하지 않는다. 그런 기사는 이미 많이 나와 있기 때문이다. 다만 독자들에게 도움이 될 만한 정보가 있거나 사회적 이슈와 관련된 경우라면 보도자료를 활용했더라도 기사로 채택할 수 있다.

　그래서 편집기자가 이런 기사를 검토할 때는 '보도자료 내용을 그대로 받아썼는지 아닌지'를 신경 써서 살핀다. 보도자료를 활용하더라도 내용에 대한 비판적 검토와 확인은 반드시 필요하다. 간혹 이 '선'을 넘는 글을 접하면 글쓴이의 의도를 생각하게 된다. 왜 썼을까? 그 '왜'에 해당하는 이유가 기사에 드러나 있어야 하고, 그 이유가 합당해야 기사로 채택할 수 있다. 포털 사이트에서 잠깐만 검색해도 보도자료와 같거나 비슷한 기사는 이미 많다. "다들 그렇게 쓰는데, 나는 왜 안 되느냐"고 따질 수도 있겠지만, 그러면 이렇게 되묻고 싶다. "시민기자가 굳이 그렇게 써야 할 이유가 있을까요?"

출판사에서 신간이 나오면 홍보를 위해 언론사에 책을 보내는데 이때 보도자료를 함께 보낸다. 과거에는 이 보도자료를 기자들만 볼 수 있었지만 지금은 그렇지 않다. 온라인 서점의 도서 소개 페이지에 이 책의 보도자료가 올라와 있기 때문이다.

해당 책에 대해 이만큼 구체적으로 써놓은 글은 찾기 어려울 것이다. 책을 만든 편집자가 공들여 쓴 글이기 때문이다. 그래서 많은 언론사 기자들이 보도자료를 활용한다. 일부만 참고하는 것이 아니라 처음부터 끝까지 보도자료에서 가져오는 경우도 적지 않다. 이것에 대해 내가 나쁘다, 좋다 단정 지어 말하기는 어렵다. 기자들마다 어떤 사정이 있는지는 알 수 없기 때문이다. 보도자료를 어떻게 취해서 쓸 것인지는 기자의 판단에 달렸다. 그 판단은 본인이 하는 것일 수도 있고, 그가 속한 조직 문화에 의한 것일 수도 있다.

시민기자가 보내온 서평 기사에도 출판사 보도자료를 그대로 활용한 것이 더러 있다. 이 경우에는 기사로 채택하지 않는다. 오마이뉴스 편집 방침이기도 하다. "다들 그렇게 쓰는데, 나는 왜 안 되느냐"고 또 따질 수 있다. 그러면 나는 다시 한번 이렇게 물을 것이다. "시민기자까지 굳이 그렇게 써야 할 이유가 있을까요?"

원곡을 멋지게 새로 편곡한 노래처럼 보도자료를 바탕으로 잘 쓴 기사 한 편을 최근에 만났다. 경상북도 칠곡군에서 성인 문해 교육에 참여한 다섯 할머니의 글씨를 '폰트'로 만들었다는 기사였다. '군에서 발행한 보도자료를 보고 썼겠구나.' 딱 봐도 짐작이 가능했다. 관련 기사도 나오고 있었다. 하지만 이상했다. 시민기자가 사는 곳은 구미인데 왜 연고도 없는 칠곡군 소식을 기사로 썼을까? 기사를 작성하게 된 경위가 궁금했다.

전화를 걸어 확인해보니 칠곡군은 기자님의 고향이

었다. 칠곡군 평생교육 담당자가 마침 교직에 있을 때 제자이기도 해서 보도자료를 보내주었는데, 충분히 기사로 소개할 만한 내용이라는 생각이 들었다. 그래서 더 자세한 이야기를 물어보았다. 그 결과 이 폰트가 만들어진 '결정적인 배경'이 무엇인지 들을 수 있었다.

평소 할머니들의 필적을 인상 깊게 본 칠곡군 평생교육 담당자가 할머니들의 필체를 '살아 있는 문화유산'으로 남겨보고 싶다고 생각한 덕분에 '칠곡할매서체'가 만들어진 것이다. 이런 사연은 보도자료에는 없는 내용이었다. 그 내용만으로 이미 차별화된 기사였다. 나는 이런 이야기가 좀 더 많은 사람들에게 알려지면 좋을 것 같았다. 그런 마음을 담아 편집에 정성을 다했다.

독자가 나를 찜해야 한다

코로나19 팬데믹 이후 사람들이 가장 힘들어하는 것은 무엇일까? 여러 가지가 있겠지만 그중 하나는 먹고 여행 다니는 즐거움을 맘껏 누리지 못하는 것이리라. 나 역시 점점 여행에 대한 갈증이 심해진다. 백신을 맞고 사람들이 제일 기대하는 일이 해외여행이라는 말까지 있을 정도니까.

여행 기사는 시민기자들이 비교적 쉽게 쓸 수 있는 기사 영역이다. 사람들이 여행을 많이 다닐수록 기사도 많이 들어왔다. 코로나19 이전에는 봄이 오면 꽃놀이, 여름이 오면 물놀이, 가을이면 단풍놀이, 겨울이면 눈 구경을 하러 떠난 시민기자들이 속속 글을 보내왔다.

여행 기사를 잘 쓰려면 어떤 점을 참고해야 좋을까? 그동안 여행 기사를 편집하면서 느낀 몇 가지 팁을 공유하려고 한다. 우선 여행한 시기를 꼭 밝혀야 한다. 편집기자가 자주 확인하는 것이 "언제 다녀오셨어요?"다. 여행 기사도 시의성이 중요할 때가 있다. 가령 여름에 다녀온 여행 이야기를 갑자기 겨울에 쓰면, 그것은 기사가 되기 어렵다. 특히 코로나19 상황으로 여행이 조심스러운 지금 같은 시기에는 사람이 많은 곳을 소개하거나 안전하지 않은 장소를 다루는 것도 조심해야 한다. 실제 코로나19가 확산되기 직전 쿠바 여행을 다녀온 시민기자가 있었다. 국내 코로나19 상황이 좋지 않아 계속 여행기를 보내지 못하다가 더 이상 도저히 미룰 수 없을 때 글을 보내와 기사화된 사례가 있다. 반면 이탈리아에서 코로나19로 사망자 수가 폭발하는 등 상황이 심각했을 때 들어온 이탈리아 여행 기사는 기사화되지 못했다.

화제의 장소나 잘 알려지지 않았지만 어떤 이유에서든 추천할 만한 곳에 다녀온 여행 기사는 독자들의 눈길을 끈다. 유명한 곳을 다녀왔다면, 인터넷 검색으로 충분히 알 수 있는 내용 말고 하나라도 더 특색 있는 정보를 담거나 색다른 관점으로 써보기를 추천한다.

여행한 시간 순서 혹은 다녀온 장소 순서대로 글을 정리하는 경우가 많은데 그보다는 한 가지 특징적인 주제를 잡아서 글을 쓰면 더 좋다. 기사 제목을 먼저 정한 다음 그에 맞춰 글을 써보기를 추천한다. '밤에만 열리는 환상적인 테마파크, 통영에 이런 곳이', '차만 타세요, 환상적인 해넘이를 볼 수 있습니다', '구멍 뚫린 검은 돌들이 지천에……이거 보려고 이 고생을'과 같은 제목이라면 기사 내용이 궁금해지지 않을까. 여기에 눈길을 사로잡는 사진까지 있다면 독자들도 당장 기사를 클릭할 것이다.

여행 기사의 제목을 뽑을 때 나는 사진과 사진 설명을 찬찬히 살피는 편이다. 사진을 보고 받은 느낌을 제목으로 뽑는 경우도 많기 때문이다. 여행 기사를 쓰는 시민기자들이 좋은 사진을 찍기 위해 새벽 촬영의 수고로움도 마다하지 않는 걸 많이 봐왔다. 새벽에 나가야 사람들에게 방해받지 않고 좋은 사진을 찍을 수 있다는 이유에서였다.

그리고 여행 기사에 쓸 사진을 찍을 때 주변 여행객의 얼굴이 노출되는 경우가 있는데, 사진 촬영을 할 때 조심하거나 꼭 필요한 사진이라면 당사자에게 반드시 사용 허락을 구하는 것이 필요하다. 사진을 말없이 썼다가 기사가 나간 뒤에 항의를 받는 경우가 있기 때문이다.

좋은 여행 기사를 쓰려면 적지 않은 내공이 필요하다. 이 내공이 없으면 독자의 시선을 끄는 매력적인 기사가 아니라 평범한 기사가 되고 만다. 그렇다면 이런 내공은 어떻게 생길까. 시간에 쫓겨 급하게 쓰기보다는 돌아와서 충분히 사유하고 성찰한 내용을 담아야 한다. 여행을 하면서 궁금했던 사안이나 미처 확인하지 못한 정보들도 독자들을 위해 꼼꼼하게 챙겨야 한다. 개인적으로 감상만 있는 글보다 정보가 더해진 글이 여행 기사로 더 적합하다고 생각한다. 그래서 여행 기사를 쓸 때는 정확한 정보를 충분히 실을 수 있도록 자료를 꼼꼼하게 검토하는 것이 좋다.

여행 기사는 무엇보다 현장의 분위기가 살아 있어야 한다. 가끔 역사 이야기인지 여행 이야기인지 헷갈리는 경우가 있는데, 이는 장소에 대한 정보와 의미에만 치중한 결과다. 여행 기사는 여행 기사다워야 한다는 것을 잊지 말자.

마지막으로 독자들에게 친절한 여행 기사가 좋다. 기차로 가는지, 버스로 가는지, 그곳에서 어떤 음식을 먹으면 좋은지, 사진 찍기 좋은 포인트가 있다면 어디인지 등등 구체적인 정보를 친절하게 알려준다면, 그 정성에 감응한 독자들이 '구독하기' 버튼을 누를지도 모른다. 자, 이제 독자들이 나를 '찜'하게 해보자.

좋은 것을 알리고 싶은 마음

자고 일어나면 생기는 게 맛집인가 보다. 맛집 앞에 늘어선 사람들만큼이나 수많은 맛집 기사가 온라인 세상에 즐비하다. 나도 맛을 꽤 즐기는 사람이라 한 번도 안 먹어본 음식이 있으면 꼭 먹어보고 싶다. 그런 이유로 1시간 반 넘게 줄서서 기다렸다가 먹은 적도 있다. 가끔은 안 먹어본 그 맛이 궁금해 혼자서 식당을 찾아가기도 한다. 한가한 시간에 혼자 맛있는 음식을 즐기는 것은 마치 내가 굉장한 미식가라도 된 듯한 즐거움을 준다. 생각보다 외롭지도 않다. 오히려 좋은 맛을 음미하면서 마음의 여유를 찾기도 한다.

여기 돈부리(일본식 덮밥) 마니아가 한 명 있다. 돈부리 맛집이 있다고 하면, 여건이 허락되는 한 어디든 혼자서라도 찾아간다. 그렇게 한 번 두 번 찾다 보니 단골이 된 가게도 있다. 방문 횟수가 늘고 사장님과 나눈 이야기가 쌓여갈수록 나만 알기 아까운 이야기도 생겼다. 혼자만 알고 싶지만 또 남들에게 알리고도 싶다. 그는 대나무 숲에 털어놓는 심정으로 기록을 남기자고 결심한다. 블로그에 쓰고 브런

치에 쓰고, 인스타그램, 페이스북 등에 포스팅을 한다. 이 집 돈부리 좀 맛보라고 알린다. 맛 뒤에 숨은 사연도 슬쩍 끼워 넣는다. 맛집에 대한 자발적인 글은 이렇게 나오지 않을까 싶어 상상해봤다. 좋은 것을 발견하면 알리고 싶은 게 인간의 본능이니까.

그렇다면 맛집에 대한 이야기를 기사로 쓰려면 어떻게 해야 할까. 글을 보는 내 입장에서도 고민된다. 하지만 복잡할 것은 없다. 소재가 음식일 뿐 다른 '사는 이야기' 기사와 크게 다르지 않다. 뉴스, 재미, 감동, 이 중에 하나라도 있으면 된다.

특정 가게를 홍보하는 글은 기사로 채택하지 않는다. 대신 음식 맛과 그 식당의 사연을 '취재'한 '정보'가 있으면 괜찮다. 맛집과 음식에 대한 스토리텔링이 잘되어 있거나, 특별한 사연이 있는 가게이거나, 시민기자만의 새로운 시각이 있거나, 새롭게 발굴한 내용이 하나라도 있으면 기사가 될 수 있다. 계절마다 성행하는 맛집의 비결이라든지, 한

여름에 따뜻한 음식만 고집하는 식당이 왜 문전성시인지, 30년 동안 음식 가격을 인상하지 않은 식당은 왜 그랬는지 등등 독자들이 궁금할 만한 이야기를 다룬 글이라면 편집 기자인 나도 당연히 관심이 생긴다.

다만 미각은 지극히 주관적인 감각이라 표현에 유의해야 한다. 종종 기사에 등장하는 '이 집 장어 맛은 세계 최고' 같은 표현은 안 하는 게 좋다. 아무리 맛있다고 한들 '세계 최고'의 맛이라고 어떻게 장담할 수 있을까. 전 세계 장어 요리를 다 먹어본 게 아닐 테니 이것은 과장이다. 맛집 기사를 쓸 때 '유일무이하다', '전국에서 유일하다', '따라올 자가 없다'는 등의 표현도 아껴두는 것이 좋다.

대신 손님들이 먹는 모습을 잘 관찰해보자. 가게 사장님과 손님이 나누는 대화, 가게에서 일하는 사람들의 모습 등을 꼼꼼하게 살펴서 있는 그대로 기사를 써보자. 글만 읽어도 식당의 느낌을 알 수 있고, 누가 읽어도 침이 고일 것 같은 문장을 고심해서 지어보자.

글을 읽고 '언제 한번 그 가게에 가보고 싶다'는 생각이 들면, 편집기자인 나도 이 글을 SNS에 공유한다. 자고로 좋은 것은 널리 알리라고 했으니까.

책이 나왔습니다

2017년 내 첫 책, '하루 11분 그림책'이라는 부제가 붙은 《짬짬이 육아》가 나온 뒤의 일이다. 대형서점 매대에서 내 책을 발견하면 마치 서점 직원처럼 흐트러짐 없이 예쁘게 반듯반듯 정리해두곤 했다. 보고만 있어도 신이 났다. 그러나 딱 거기까지였다. 책이 마구마구 팔려나가는 기쁨까지는 내 것이 아니었다. 현실은 '무명의 작가' 딱 그만큼이었다. 온라인 서점의 판매지수도 내 편은 아니었다.

내가 할 수 있는 홍보라고는 개인 SNS 활동이 전부였다. 심지어 그것도 전체 공개를 하지 않은 계정이었다. 책만 내면 다 하는 줄 알았던 북콘서트도 없었고, 인터뷰도 두어 군데 매체와 한 것이 다였다. 다행히 저자 강연은 몇 번 했다. 할 때마다 좌절의 연속이었지만, 마다하지 않고 '해냈다'. 그렇게 책이 나오고 한 달쯤 지났을까. 문득 이런 생각이 들었다. 책을 낸 그 많은 시민기자들은 도대체 어떻게 홍보를 했을까?

그제야 알게 된 것이다. 내 일이 되어보니 비로소 관

심을 기울이게 되었다. 운이 좋아서 혹은 책이 너무 좋아서 여러 매체에 기사가 실리거나, 여기저기에 광고를 해서 책이 더 알려지면 좋겠지만, 무명의 작가에게 그런 일은 쉽게 일어나지 않는다.

무명의 작가들, 첫 책을 낸 시민기자들도 나처럼 사람들이 알아주지 않는다고 자괴감에 가까운 속앓이를 하지 않았을까. '사람들아, 책 좀 사라' 하고 속으로 외치면서 말이다. 그 수많은 신간들 사이에서 내 책 제목 하나를 사람들에게 알리는 것이 얼마나 어려운 일인지, 책을 내본 사람들은 알 것이다.

그래서 코너를 하나 만들었다. 시민기자라면 누구나 글을 쓸 수 있는 코너, 〈책이 나왔습니다〉. 처음 책을 낸 무명의 작가들이 직접 자기 책에 대해 소개하는 글을 써보자는 취지였다. 이미 여러 권의 책을 낸 사람도 상관없다. 자신의 책에 대해 할 말이 있는 사람이라면 누구나 참여해서 '책이 나왔습니다'라는 타이틀을 달고 글을 쓰면 된다.

그래도 그렇지, 자기 책에 대해서 어떻게 쓰냐고? 그렇지 않다. 알려야 한다. 글을 쓰든, 강연을 하든, 인터뷰를 하든 한 번이라도 더 독자들과 만나야 한다. 민망하고 부끄럽더라도 내 책이 독자들에게 조금이라도 더 가닿을 수 있게 노력해야 한다. 무관심 속에 무너지는 자존감을 눈 뜨고 견디는 것보다는 이편이 훨씬 낫다. 기사를 쓴 기자는 기사를 알려야 하고, 책을 낸 작가는 책을 알려야 한다. 세상의 모든 작가는 자신의 책이 좀 더 많은 대중과 만나기를 간절히 바란다. 이 마음은 독자도 마찬가지다. 작가와 만나는 것을 설레는 마음으로 기다리는 독자들을 많이 봐왔다. 그러니 작가들도 부끄럽게만 생각하지 말고 자기 책을 좀 더 적극적으로 알려나가면 좋겠다.

　　그렇지만 제한은 있다. 〈책이 나왔습니다〉 역시 '홍보성 기사'는 채택하지 않는다. 처음부터 끝까지 본인과 책에 대한 '무한 칭찬'도 사절이다. 보도자료를 그대로 가져오는 경우도 안 된다. 이 책을 어떻게 쓰게 되었는지, 쓰면서 어땠는지, 쓰면서 새롭게 알게 된 것은 무엇인지, 어떤 독자에게 필요한 책인지가 담겨야 한다. 독자가 보기에 '효용성'이 있는 글이어야 기사가 될 수 있다.

　　자신의 책을 독자들에게 '제대로' 알리고 싶다면, 이렇게 직접 글을 쓰는 것도 괜찮다. 자신의 책에 대해 직접 쓰는 것이니 남이 듣고 쓴 것보다 오히려 더 정확할 수 있고, 여기에 흥미진진한 후기까지 들려준다면 독자들의 관심을 끌 수 있을 것이다. 그 기사 때문에 책과 작가에 대해 더 궁금하고 알고 싶은 독자들 혹은 언론사가 생길지도 모를 일이다. 그러니 자신의 책에 대해서도 주저 말고 씁시다!

'사는 이야기'를 쓴다는 자부심

"오마이뉴스에서 사는 이야기는 꼭 챙겨 봐요. 육아 휴직 때도 틈틈이 즐겨 봤어요."

"사는 이야기는 오마이뉴스의 출발 아닌가요?"

"사는 이야기요? 나도 한번 써볼까 싶은 마음이 들게 하는 기사?"

"사는 이야기는 힐링이죠."

"막상 사는 이야기를 쓰려고 하면 이런 것도 기사가 되나 싶어서 망설여져요."

오마이뉴스 편집기자로 일하면서 자주 듣는 말이다. 오마이뉴스가 '사는 이야기'를 메인 화면에 기사로 선보인 지 21년이 지났다. 오마이뉴스 메인 화면은 종이신문의 1면과 같은 위상이다. 그만큼 '사는 이야기'가 오마이뉴스의 경쟁력 있는 콘텐츠라는 데 많은 사람들이 동의한다.

그렇지만 포털 사이트에서 '사는 이야기' 기사에 달린 댓글을 보면 안타까울 때가 많다. 지극히 개인적인 일기와는 엄연히 다른 글인데, '일기는 일기장에 적으라'는 식의 댓글이 여전히 보인다. 속상한 마음에 "이런 일기 쓸 수 있어요?"라고 그 댓글을 쓴 사람에게 묻고 싶을 때가 여러 번이었다. 그렇다면 일기와 '사는 이야기'는 어떻게 다를까?

"그냥 제 이야기를 쓰면 되는 것 아닌가요?"

반은 그렇고, 반은 아니다. 나의 일상 이야기가 기사 형식을 갖춘 '사는 이야기'가 되려면, 그 글이 기사인 이유가 반드시 하나라도 있어야 한다. 나는 그것을 '재미, 공감, 뉴스(정보)'라고 본다. 글에 새로운 관점이나 시선이 있고, 재미가 있고, 정보로서의 효용 가치가 있고, 독자들이 공감할 수 있는 이야기가 있고, 읽는 이를 성찰하게 하는 지점이 있어야 한다. 이런 것들을 고려했을 때 하나라도 해당 사항이 있으면 그 글은 좋은 기사가 될 수 있다. 오마이뉴스 편집기자는 그것을 보는 눈을 키워온 사람들이고, 그렇게 훈련된 눈으로 시민기자들의 기사를 편집하고, 기삿거리를 발굴(혹은 발견)하는 사람들이다.

건설 노동자 아버지의 이야기를 오마이뉴스에 기사

로 연재해 많은 주목을 받은 임희정 시민기자는 '가족의 일을 기사로 쓸 때 필요한 것'에 대해 다음과 같이 말했다.

처음 내가 쓴 글은 문장 속에 눈물과 악이 많았다. 자식으로서 아버지의 노동이 슬펐고, 아팠고, 억울했기 때문이었다. 하지만 쓸수록 한계가 왔다. 단순히 감정을 쏟아내는 글과 한쪽으로 치우친 일방적인 생각들은 글을 계속 쓸 수 없게 만들었다. 나조차도 내 글을 읽는 것이 힘들었다. 나는 자식이라는 위치를 버리고 다시 고민하기 시작했다.
아버지의 노동의 결과보다 과정을 들여다보았고, 나는 '왜' 그것이 슬펐고 부끄러웠는지 생각했다. 사회생활을 하며 나는 내 아버지만이 막노동을 하는 줄 알았는데, 우리 모두의 노동자는 누군가의 아버지였다는 것을 알게 되었다. 스스로 자주 묻고, 고민의 방향을 바꾸고, 생각의 범위를 넓혔다. 아버지로 시작한 글은 노동자로 번져갔고, 그러자 분노는 고민과 이해로 수그러졌다. 나는 비로소 쓰며 부모와 노동자의 삶을 돌아볼 수 있게 되었다.

나와 가족의 아픔일수록 객관화시켜 바라보는 관점이 중요하다. 관계를 빼고 감정적인 마음을 가라앉히고 다른 이를 바라보는 시각으로 글을 써야 한다. 분노와 아픔의 글은 멀찌감치 떨어져 퇴고할수록 공감의 가능성이 커진다. 개인이 겪은 일이지만 범위를 늘려 한 사람이 상징하는 사회 속 역할과 위치는 무엇인지, 개개인의 문제만이 아닌 국가나 사회의 무관심과 부족한 제도 때문은 아닌지, 무엇보다 나만의 일이 아닌 우리의 일이 될 수도 있다는 것을 함께 쓸 수 있다면 그 글은 내가 썼지만 '우리'의 이야기가 될 것이다.

— 〈"내 글이 사사로우면 어쩌지?" 이 고민은 해결됩니다〉,

오마이뉴스, 2020년 1월 7일

요약하면 내 가족으로서의 아버지가 아닌 노동자로 객관화해서 바라봤을 때 좋은 글을 쓸 수 있었다는 말이다.

다소 길지만 인용한 것은 그의 말이 다양한 시민기자들의 이야기로 변주될 수 있을 것 같아서다. '아들딸의 이야기가 아닌 자본가에게 착취당하는 힘없는 노동자의 이야기'로, '짠한 엄마의 이야기가 아닌 돌봄노동자 혹은 가사노동자의 이야기'로 얼마든지 치환해서 풀어낼 수 있지 않을까. 독자들도 이런 글을 오마이뉴스에서 계속 보고 싶어 하지 않을까. 오마이뉴스의 한 오래된 독자는 이렇게 말했다.

"'사는 이야기'가 변별력 있는 콘텐츠라는 걸 사람들에게 각인시켜줄 누군가가 있으면 좋겠어요. 오마이뉴스에 '사는 이야기' 기사를 쓴다는 자부심을 갖는 시민기자들이 더 많아지면 좋겠어요."

내 마음도 그렇다. "나, 오마이뉴스에 '사는 이야기' 쓰는 시민기자야!" 이렇게 자랑스러워하는 시민기자들이 더 많아지기를 간절히 바라고 있다.

제가 한번 써보겠습니다

"이 글을 독자가 왜 읽어야 하지?"

에세이가 기사가 되려면 이 질문에 글쓴이 스스로가 답할 수 있어야 한다. 내가 쓰고 싶은 글을 쓰는 것과 기사를 목적으로 쓰는 글은 달라야 한다. 내가 쓰고 싶어서 쓴 이 글을 독자들이 왜 읽어야 하는지, 독자들도 궁금해할 만한 내용인지 스스로에게 먼저 물어야 한다.

'사는 이야기'를 쓰는 시민기자들은 자신이 쓰고 싶은 글을 쓰긴 하지만, 이것이 많은 사람들에게 알릴 만한 뉴스인지 아닌지 확신하지 못한 채 기사 쓰기를 할 때가 많다. 감동적인 이야기인 것 같아서, 나의 고민이지만 나만 하는 고민은 아닌 것 같아서, 유용한 정보를 담고 있어서, 하늘 아래 새로운 것 없고 비슷한 경험도 다들 있겠지만 그래도 다른 사람들이 공감해줄 것 같아서, 주변 사람들이 공감한다고 이야기를 많이 해서 등등 수많은 이유로 글을 써서 보낸다.

그렇다면 편집기자는 수많은 에세이 중에서 어떤 글

을 기사로 채택하는 걸까. 먼저 "이 글을 왜 썼지?" 하는 의문이 생기는 글은 기사로 채택하기 어렵다. 왜 썼는지 이유를 알기 어려운 글은 한마디로 방향을 잃은 글이다. 글을 꼼꼼하게 검토하는 편집기자조차 왜 썼는지를 파악하기 어렵다면, 독자가 그 글을 읽어야 할 이유는 없을 것이다. 모든 글에는 이유가 있어야 한다고 생각한다. 심지어 나만 보는 일기도 쓰는 이유가 있다. 오늘 내가 무슨 일을 했는지, 무슨 생각을 했는지, 기록으로 남기고 성찰하기 위해 쓴다.

　하물며 일기도 이런데, 남이 보는 글은 더 말해 뭐할까. 그냥 쓰면 안 된다. 반드시 '왜' 썼는지 이유가 드러나야 한다. 사람은 모두 달라서 같은 것을 봐도 생각하는 것이 다르다. 내가 쓰니까 다른 것이다. 새로운 것이다. 그러니 어떻게 다르게 생각했는지를 쓰면 된다. 그 이야기는 나에게만 있는 고유한 것이니까. "코로나19로 삶이 어떻게 달라졌는지 써주세요"라고 똑같이 청탁해도 시민기자마다 다른 글이 나온다. 각자 다른 '자신의 삶'을 살고 있기 때문이다.

시민기자의 글을 검토하다 보면 왜 썼는지 고개를 갸우뚱하게 되는 경우가 있다. 그럴 때는 직접 그 이유를 물어보기도 한다. 그 이유만 보강하면 좋은 기사가 될 수도 있기 때문이다. 시민기자와 이야기를 나누다 보면 이유를 알게 되고, 어떤 내용을 보강해야 더 나은 기사가 될 수 있을지 감이 온다. 이를 바탕으로 시민기자에게 수정을 요청한 뒤 편집을 완료한다. 때로는 기사를 쓴 이유가 공감을 얻기 어렵거나 기사화할 만한 내용이 아니라고 판단되면 양해를 구하고 기사 채택을 하지 않는다.

개인의 경험에 성찰이 더해지면 좋은 글, 좋은 기사가 된다. 많은 사람들이 공감하는 기사가 되는 것이다. 성찰이라고 해서 특별히 어렵게 생각할 이유는 없다. 성찰은 자기 마음을 반성하고 살피는 것, 자신이 한 일을 깊이 되돌아보는 것을 의미한다. 이렇게 성찰한 내용을 글로 쓰면 더 괜찮은 사람, 더 멋있는 사람이 될 가능성이 높아진다.

아무리 '자신의 마음을 반성하고 살펴도' 뭘 써야 할

지 모르겠다면? 그럴 때는 경험을 통해 하나라도 배운 게 있는지 생각해보자. 그걸 글로 써보자. 배운 것이 없다 해도 괜찮다. 내가 왜 이렇게 쓸데없는 경험을 했는지도 좋은 글 감이 된다. 실패한 경우에도 왜 실패했는지 깨달으면 기사 가 된다. 그 경험에서 배우게 된 것을 글로 쓰면 된다.

　　기사가 되는 에세이에서도 시의성은 중요하다. 독자 들이 가장 듣고 싶어 하고, 보고 싶어 하는 글이 바로 지금 필요한 글이다. 시의성 있는 글을 쓰기 위해서는 세상 돌아 가는 일에 관심이 있어야 한다. 특히 독자의 마음에 조금이 라도 울림을 주는 글을 쓰고자 한다면 더욱 그렇다. 그 뉴스 와 내가 어떤 관계가 있는지 고민해보면 쓸 만한 기삿거리 들이 조금씩 보일 것이다. 차별금지법이 나와 어떤 상관이 있는지, 코로나19로 사회적 거리두기 단계가 조정되면 당 장 나와 아이들, 부모님, 내 생업에 어떤 변화가 있는지 등등 을 생각해보는 것. 이것이 기사가 되는 에세이 즉 '사는 이야 기'의 시작이다.

모든 체험기는 거의 기사가 되는 에세이로 봐도 무방하다. 흥미를 끄는 소재는 독자의 눈길을 멈추게 한다. 남들이 많이 하는 것을 다루면 화제라서 기삿거리가 되고, 남들이 거의 하지 않는 것을 다루면 그 자체로 단독이라 눈에 띈다. 기사로 채택될 확률이 높아지는 것이다. 내 일에 대해 쓰는 것도 마찬가지다. 내가 하는 일은 나만 안다. 내가 제일 잘 아는 그 일에 대해 쓰면 전문기자가 될 수 있다. 그런 내용의 기사는 그 일에 대해 궁금해하는 사람에게도 도움이 된다.

　　《제가 한번 해보았습니다, 남기자의 체헐리즘》이란 책이 있다. '체헐리즘'은 이 책을 쓴 남도형 머니투데이 기자가 '체험'과 '저널리즘(journalism)'을 합쳐서 만든 말이다. 그는 80세 노인의 하루를 살아보거나, 폐지 165킬로그램을 줍거나, 35킬로그램이나 되는 방화복을 입는 등 우리 주변에서 벌어지는 '체험 삶의 현장'을 직접 경험하고 그 이야기를 기사로 연재해 화제가 되었다. 이 기사를 보면서 '이건 우리 시민기자들이 가장 잘 쓰는 형태의 기사인데……'라는 생각이 들었다. 60일 동안의 디지털 디톡스 이야기, 채식 일주일 도전기, 편의점 아르바이트 경험담 등은 실제로 오마이뉴스 시민기자들이 많이 쓰는 '체험리즘' 기사다. 시민기자들이 마음만 먹으면 다양하게 도전해볼 수 있는 글쓰기 영역이다.

내가 좋아하는 것에 깊이 파고드는 일명 '덕질' 이야기 또한 기사가 된다. 철도와 교통에 대한 덕질을 하다가 철도 전문 시민기자가 되기도 한다. 역사에 대한 관심이 역사 전문 시민기자 활동으로 이어진 경우도 있고, 만년필 수리하는 일을 매개로 인문학적 글쓰기를 시도하는 경우도 있다. 《원숭이도 이해하는 자본론》을 쓴 임승수 작가는 평소 와인을 무척 좋아한 덕분에 오마이뉴스에 '슬기로운 와인생활'이라는 기사를 연재했다. 이처럼 나만의 취향이 곧 기사가 되는 일은 오마이뉴스에서 쉽게 볼 수 있다.

시민기자들이 오마이뉴스로 보내는 모든 글은 편집

기자의 검토를 거쳐 기사로 채택되고, 그 기사는 대부분 포털 사이트에 전송된다. 또한 페이스북이나 트위터 등 오마이뉴스 공식 SNS 계정에도 포스팅되어 다수의 독자들에게 퍼진다. 개인이 자신의 SNS에 올리는 글과는 또 다른 파급력과 책임을 갖게 된다. 따라서 개인의 경험을 다룬 글이라 할지라도 사실과 다른 내용은 없는지 꼼꼼히 확인해야 한다. 표현이 적합한지, 논리적인지, 근거가 정확한지도 따져야 한다. 그래서 편집기자는 작은 것 하나에도 소홀할 수 없다. 내가 매일 긴장하며 일하는 이유다.

상처받지 않는 글쓰기

아이가 죽었다. 사고였다. 아버지는 안타깝고 미안했다. 그 힘겨운 마음을 하나하나 글로 적어 내려갔다. 아버지는 오마이뉴스 기자회원으로 가입하고 이런 내용의 글을 오마이뉴스에 보내왔다.

후배 편집기자가 먼저 글을 검토한 뒤 내게 의견을 물었다. 나도 꼼꼼히 글을 읽어 내려갔다. 누가 봐도 안타까운 사연이었다. 하지만 기사 채택 여부는 고민스러웠다. 우선 사고가 난 지 100일도 지나지 않은 상태였다. 아버지의 글은 아이에게 좀 더 잘해주지 못한 것에 대한 처절한 반성문이었다. 감정에 호소하는 문장이 많았다.

한번 기사로 채택되어 공개된 글은 사실 관계가 달라졌거나 누군가의 명예를 훼손했거나 기사로 인해 누군가 막대한 피해를 입었다는 사실이 입증되거나 취재 과정에서 문제가 있었다고 인정되는 경우 등이 아니고서는 삭제하기 어렵다. 그렇기 때문에 이 글을 검토하면서 고민이 될 수밖에 없었다. 나는 궁금했다. 아이의 일을 기사로 쓴 것에 대해 아내를 포함한 가족들의 동의가 있었을까? 이 아이의 남은 가족들이 나중에 이 기사를 보면 어떻게 생각할까? 시간이 흘러도 다시 꺼내보고 싶은 글일까? 질문은 계속 이어졌다. 쉽게 결론이 나지 않았다.

　　결국 시민기자에게 이 기사를 왜 쓰셨는지 물어보았다. 아이에게 미안해서라는 답이 돌아왔다. 이렇게라도 미안한 마음을 풀고 싶으니 꼭 기사화해달라고도 했다. 안타까운 마음은 이해할 수 있었다. 하지만 그런 이유만으로 쓴 글은 기사로 채택하기 어렵다. 나만의 감정에 호소한 글은 다른 사람들의 공감을 얻는 데 한계가 있기 때문이다. '사는 이야기'는 나의 감정을 해소하기 위해 쓰는 글과는 달라야 한다.

　　'뒷담화'가 등장하는 '사는 이야기'도 고민이 되긴 마찬가지다. 편집기자가 '사는 이야기'를 검토할 때 글 속 사건의 전후 맥락은 대부분 시민기자의 글로 판단할 수밖에 없다. 개인의 경험을 바탕으로 하는 '사는 이야기'의 특성 때문에 시민기자가 쓴 글을 믿고 판단하는 경우가 많다. 하지만 글을 쓰는 사람도 때로는 자기 입장에서만 바라보는 한계가 있을 수 있음을 잊지 말아야 한다. 그렇기 때문에 누군가의 뒷이야기를 하는 글은 기사화할 때 조심스럽다. 글쓴이가 아닌 상대방 입장에서는 그렇지 않은 상황일 수도 있기 때문이다. 편집기자는 이런 점도 꼼꼼하게 살핀다.

'내밀한 사적인 이야기'를 공적인 글, 즉 '기사'로 쓴다면 어디까지 쓸 수 있고 또 어떻게 써야 할까? 힌트가 될 만한 문장을 이유미 작가의 책 《일기를 에세이로 바꾸는 법》에서 발견했다. 이유미 작가는 "내 주변 사람들을 소재로 이야기를 썼을 때 상대가 상처를 받는 글을 쓰진 말자"라는 것과 "중요한 건 타인을 소재로 한 사건이 주가 되는 것보다 그 사건을 보는 나, 즉 나의 관찰과 해석이 글의 핵심"이라고 조언했다.

시민기자들이 쓰는 '사는 이야기'를 검토하고 편집하면서 세상에는 참 다양한 사람들이 있다는 것을 깨닫게 된다. 그런 만큼 남에 대한 이야기를 글로 쓸 때는 한 번 더 생각하고, 조금 더 신중해야 한다. 그렇다면 남이 아닌 나의 내밀한 이야기, 나의 흠이나 단점은 무엇이든 써도 상관없을까? 여기에 대해서도 이유미 작가는 같은 책에서 이렇게 귀띔한다. "글로 인해 오히려 자신이 상처를 받고 우울해질 것 같다면 절대 그렇게는 쓰지 마세요"라고. "내 글을 보고 상처받는 사람이 생기면 안 돼요. 그게 나여서는 더더욱 안 되고요"라면서.

아이를 잃은 아버지의 글에서 느꼈던 나의 고민과 크게 다르지 않았다. '사는 이야기' 기사를 쓸 당시에는 크게 생각하지 못했지만, 몇 달 혹은 몇 년이 지난 뒤에 기사의 존재 자체에 불편함을 느끼는 시민기자들이 있다. 마음이 달라지고 상황이 바뀌어 글을 쓴 그때와 같지 않다거나 기사에 실명이 공개되어 있어 곤란하다는 이유 등으로 기사 삭제를 요청하는 연락이 오곤 한다.

그렇지만 한번 공개한 기사를 삭제하는 것은 쉽지 않

은 일이다. 언론사의 신뢰성, 저널리즘의 원칙과도 관련된 문제이기 때문이다. 나의 이야기, 가족의 이야기, 동료의 이야기라고 해서 함부로 쓰면 안 되는 이유다. 내 이야기를 공적인 글로 쓰는 사람이라면 꼭 새겨야 할 대목이다.

꾸준히 쓰면 이뤄지는 것들

《짬짬이 육아》는 제목만 보면 '실전 육아 팁'이 가득한 실용서일 것 같지만 내용은 그렇지 않다. 이 책의 부제는 '하루 10분 그림책'으로 내가 두 아이와 함께 그림책을 읽으며 나눈 이야기들이 담겨 있다.

그런데 사실 내가 책을 내게 될 거라고는 한번도 생각하지 못했다. 생각조차 없었으니 바란 적도 없었다. 그런데 어떻게 책을 내는 것이 가능했을까. 처음에는 그저 재밌어서 썼다. 그림책을 읽는 것도 좋았고, 그림책을 매개로 아이들과 대화를 나누는 것도 좋았고, 그림책을 핑계로 아이들의 마음을 읽을 수 있는 것도 좋았다. 글을 쓰는 게 하나도 힘들지 않았다. 내가 좋아서 쓰는 글인데 좋은 그림책을 알릴 수도 있으니 '내 글의 쓸모'가 생겨났다. 이 '쓸모' 때문에 내 글이 책으로 나올 수 있었다.

출판사 편집장과 처음 만난 날이 아직도 생생하다. 첫 미팅에서 계약서를 받았는데, 출간이 처음이라 얼떨떨하기만 했다. 정신을 똑바로 차리고 말했다.

"일주일만 생각할 시간을 주세요."

나중에 출판사로부터 들은 이야기지만, 계약서를 바로 쓰지 않은 이런 무명작가는 처음이었단다. 그날 편집장이 계약서를 내밀었을 때 나는 이렇게 말했다.

"이 글로 책을 내게 될 줄 몰랐어요. 제가 정말 쓰고 싶은 글은 에세이거든요."

"기자님 글은 쉽고 편하게 읽혀서 좋아요. 엄마들이 공감할 만한 내용도 많고요. 그리고 지금 쓰신 글이 에세이죠. 기자님 글이 왜 에세이가 아니라고 생각하세요?"

정작 나는 내 글이 에세이라고 생각하지 못했다. 어떻게 이런 표현을 썼을까 싶게 무릎을 칠 만한 문장도 없고, 누군가에게 읽은 척할 수 있게 밑줄을 그을 만한 구절도 별로 없는 글인데…… 기초화장만 하고 만 듯한 내 글이 무슨 에세이야, 하는 생각이 더 컸다.

그런데 내가 쓴 글을 에세이라고 말해주고, 책으로 내면 좋겠다고 제안해주는 사람을 만났다. 그제야 나는 내 글이 다시 보이기 시작했다. 나의 일상을 기록하고, 그 속에서 깨닫고 배운 것을 정리한 글이 다른 사람도 공감할 수 있는 에세이라니. 내 글이지만 내가 설렜다.

　'사는 이야기'를 쓰는 시민기자들의 고민도 나와 비슷해 보였다. 많은 시민기자들이 "이런 글도 기사가 되나요?"라고 묻는다. 마치 내가 출판사 편집장에게 "제 글이 에세이인가요?"라고 물었던 것처럼. "당연히 에세이"라고 말한 편집장처럼 나도 말한다.

　"그럼요. 당연히 기사가 됩니다."

　편집기자의 이 한마디에 시민기자들은 "그렇게 말해줘서 고맙다"며 계속 글을 썼다. 차곡차곡 성실하게 자신만의 색깔을 찾으며 기사를 쌓아갔다. 그러자 그들에게도 좋은 기회가 찾아왔다.

　"오마이뉴스에 실린 기사를 보고 출판사에서 계약하자는 연락이 왔어요."

　출간을 간절히 바라거나 준비해온 사람도 있지만, 미

처 생각하지 못한 일이라 어리둥절한 사람도 있다. 그러나 출간 제안을 받은 시민기자들에게서 공통적으로 느껴지는 게 있다. 바로 '활력'이다. 처음 경험하는 일이니 엄청난 부담도 느끼지만 자신감이 더 커진 듯했다. 긍정적인 변화가 한눈에 보이는 것 같았다.

쌍둥이 엄마이자 '까칠한 워킹맘'이라는 블로그 닉네임으로 잘 알려진 이나연 시민기자는《워킹맘을 위한 초등 1학년 준비법》을 출간했다. 이나연 시민기자의 블로그 이웃이었다가 시민기자로 활동하게 된 이혜선 시민기자도 오마이뉴스에 연재한 글을 모아《엄마에겐 오프 스위치가 필요해》라는 책을 냈다. 가난하지만 성실했던 부모의 삶을 연재해 많은 주목을 받은 임희정 시민기자도《나는 겨우 자식이 되어간다》를 출간했다.

결혼 후 육아를 하며 경력이 단절된 기간 동안 문화예술 글쓰기 공부를 꾸준히 해온 문하연 시민기자는 오마이뉴스에 기사를 쓰기 시작하면서 창작 활동에 불이 붙었다. 오마이뉴스 연재기사 〈그림의 말들〉을 엮어 《다락방 미술관》을, 〈명랑한 중년〉으로는 《명랑한 중년, 웃긴데 왜 찡하지?》를 출간했다. 미화원이 된 고학력 50대 여성의 이야기로 〈쓸고 닦으면 보이는 세상〉을 연재한 최성연 시민기자는 《딱 일 년만 청소하겠습니다》를 출간했다.

'책을 낸다'는 것은 그저 한 권의 책이 세상에 나오는 걸 뜻하지 않는다. 나는 책을 만드는 과정에서 이전의 내가 경험하지 못한 삶을 배웠다. 꼭 출간이 목적이 아니더라도 나만의 콘텐츠를 만든다는 것은 굉장히 재밌고 신나는 일이라는 것도 알게 되었다. 그래서 내가 하고 싶은 말은 이렇다.

"시민기자에 도전하세요. 무엇이든 시작하지 않으면 아무것도 이룰 수 없다는 거, 잘 아시잖아요!"

내 글인데도 문제가 되나요?

남의 단편소설을 통째로 베껴 여러 문학 공모전에 출품해 상을 받아온 40대 남성 때문에 세상이 시끄러운 적이 있었다. 이 기막힌 소식을 열네 살이 된 딸에서 말해주니 이런 질문이 돌아왔다.

"엄마, 그 공모전 심사위원들은 왜 그걸 몰랐어?"

딸아이 말에 신나게 맞장구를 치다가 '현타'가 왔다. 그리고 차마 입 밖으로 꺼내지 못한 말. '그게 참…… 모를 수도 있더라고.' 나 역시 일하면서 표절 관련 업무를 몇 번이나 처리했는지 모른다. 그 경험을 바탕으로 〈매일 구글링하는 편집부, 이건 아니죠〉라는 기사까지 썼으니까.

표절은 '남의 작품 일부를 몰래 가져와 쓰는 행위'를 말한다. 시민기자의 글을 검토하다 보면 역사적 사실을 서술하는 부분, 예술인들의 과거 행적을 살피는 부분, 다른 매체의 기사를 인용한 부분, 다른 사람의 블로그나 SNS를 인용한 부분, 책이나 자료집의 내용을 인용한 부분 등에서 표절 사실이 밝혀질 때가 있다. 인용 허락을 받지 않았거나, 허락을 받았더라도 정확하게 출처를 밝히지 않으면 모두 문제가 된다.

　타인의 글을 표절하는 것뿐만 아니라 '자기 표절'로 볼 수 있는 사례도 있다. 길게는 몇 년 전, 가깝게는 몇 달이나 몇 주 전에 본인이 다른 매체에 쓴 기사(혹은 오마이뉴스에 쓴 기사)의 일부를 똑같이 써서 보내오는 것이다. 이렇게 글을 쓰면 '자기 표절'이라서 문제가 된다고 하면 '내 글인데 왜 표절이냐'며 의아하다는 반응이 돌아온다. 그렇게 생각할 수도 있다. 하지만 아무리 자신의 글이라고 해도 글의 출처를 정확하게 밝히고 쓰는 것과 그냥 가져와서 쓰는 것은 엄연히 다른 일이다.

　대개는 실수인 경우가 많다. 물론 실수라고 하기엔 너무 과감해서 입이 떡 벌어지는 경우도 있다. 어떤 경우에 해당하든 표절은 매체 신뢰도와 큰 관계가 있기 때문에 편집 과정에서 반드시 확인하고 걸러낼 수밖에 없다.

　글을 쓸 때는 남의 글을 마음대로 사용해서는 안 된

다. 인용이 꼭 필요하면 원작자에게 허락을 구하고, 출처를 밝혀야 한다. 사진이나 그림, 그래픽 같은 이미지도 마찬가지다. 직접 찍거나 그린 것이 아니라면 함부로 사용해서는 안 된다.

　지금은 표절에 대한 사회적 인식이 매우 엄격해졌다. 잘 쓰려고 무모한 욕심을 부리기보다 한 자라도 정확하게 '내 글'을 쓰는 게 더 중요하다는 것을 꼭 당부하고 싶다.

성장하고 싶은 마음

내 기사 쓰기의 수준은 어디쯤일까?

많은 시민기자들이 궁금해한다. 나도 그렇다. 누가 좀 시원하게 말해주면 좋겠는데……. 어떤 시민기자는 동생이나 남편, 친구가 글을 먼저 읽고 의견을 주기도 한다는데 아쉽게도 내게는 그런 조력자가 없다. 대부분의 시민기자들이 나와 비슷한 상황이 아닐까. 그래서 이 글을 준비했다. 시민기자로 활동하는 내가 지금 어느 단계에 와 있는지 살펴보는 데 유용할 것이다.

이 글의 아이디어는 한 선배의 오래전 글에서 얻었다. 선배가 2005년에 '시민기자 기사 쓰기 5단계'라고 써놓은 내부 게시판 글을 며칠 전 우연히 보게 된 것이다. 선배는 마라톤 관련 콘텐츠를 전문으로 소개하는 '런114'에서 〈내 마라톤 수준은 어디쯤일까?〉라는 칼럼을 읽고 비슷하게 써본 글이라고 했다.

보자마자 구미가 당겼다. 호기심 가득한 눈으로 글을 읽어 내려갔다. 선배는 시민기자를 '입문─초보─몰입─도약—성숙' 5단계로 나누어 각각의 특징을 실감나게 설명했다. 다음은 그 글 가운데 지금도 유효한 내용들만 추린 것이다. 편의상 입문과 초보는 입문 단계로 합쳤다.

입문 단계
— '오마이뉴스에 기사를 써볼까?' 하는 마음이 생긴다.
— 다른 시민기자들의 기사는 눈에 잘 들어오지 않는다.
— 이전과 다르게 내 글이 기사로 채택되기 시작하고 댓글, 원고료 등에 관심이 높아진다.
— 기사를 올렸다는 만족감, 기사 쓰기 자체의 즐거움을 느낀다.

몰입 단계
— 기사를 쓰는 횟수가 늘고, 글쓰기 감각도 살아나기 시작한다.
— 소재의 한계를 잊은 채 기사 쓰기에 몰두한다.

— 메인 화면의 주요 기사 배치, 독자들의 자발적인 원고료 등에 희열을 느끼며 자신감에 불탄다.
— 처음에는 '사는 이야기' 기사를 주로 쓰다가 사회, 정치 등 다양한 분야의 기사 쓰기에 도전한다.

도약 단계
— 기사 배치나 원고료보다 스스로의 잠재 능력이 어디까지인지 확인하고자 한다.
— 기사 배치에 실망하거나 글쓰기 자체에 흥미가 떨어져 슬럼프가 올 수도 있다.

성숙 단계
— 외부 조건에 흔들림 없이 기사를 쓰는 기쁨에 충만한 자신을 발견한다.
— '주요 기사로 배치되는 것'이 아니라 '내 글이 기사화되는 것' 자체에 의미를 두고 그 일련의 과정을 즐긴다.

— 원고료, 댓글 등 기사 외적인 것들에서 자유로워진다.

　　선배가 쓴 글을 보자마자 각 단계에 해당하는 시민기자들의 얼굴이 떠올랐다. 그분들에게 연락해서 내용을 설명한 뒤 질문을 던졌다. "기자님의 지금 단계에서 나타나는 특징을 알려주세요!"

　　6개월 정도 활동한 남희한 시민기자는 '입문 단계'에서 느낀 점에 대해 이렇게 말했다.

　　— 내 글을 이렇게 많이 읽어본 적이 없다.
　　— 이렇게 많은 '최종', '최종_최종', '최종_최종_진짜최종' 파일을 만든 적이 없다.
　　— 포털 사이트에 왜 국어사전 서비스가 있는지 이제야 알게 되었다.
　　— 분명 고백이 아님에도 누군가의 '좋아요'에 설렌다.
　　— 아직 멀었다는 것을 알지만 자꾸 글 욕심이 생긴다.

1년쯤 활동한 장순심 시민기자는 '몰입 단계'에서 느낀 생각들을 정리해서 들려주었다.

— 메인 화면 톱기사로 배치되면 당황스럽다. '이런 글이 메인에 올라가도 되나?' 생각한다.
— 메인 화면 배치가 반복되면서 주요 기사의 특징을 스스로 알게 된다.
— 매일 하루 두세 시간은 기사를 쓰는 데 소비한다.
— 자주 쓰는 만큼 소재 고갈을 항상 느끼기에 감이 올 때 바로 메모한다.
— 일상 속 소재가 고갈되면 책이나 영화를 글감으로 쓰려고 노력하는 편이다.
— 다른 시민기자가 쓴 기사를 보면서 소재를 발견하기도 한다. 관심 있는 시민기자의 활동에 자극을 받아 더 열심히 기사를 쓴다.
— 기사가 쌓이면서 조금 더 '기사다운 기사'를 쓰고 싶다

고 생각한다.

— 무엇보다 가족이 시민기자 활동을 인정해줘서 보람을
느낀다.

마찬가지로 1년 가까이 활동한 조영지 시민기자는
'도약 단계'의 특징에 대해 알려주었다.

— 내가 쓰고 싶은 기사와 독자들이 원하는 기사 사이에서
고민한다.

— 전문가들의 평과 심사에 민감해진다.

— 스스로를 시험해보며 나의 잠재 능력이 어디까지인지
확인하고 싶어진다.

— 원고료보다 점진적 자기 발전을 우선시한다.

— 주요 기사로 채택되는 비율이 전성기 때보다 줄어들기
도 한다. 다른 기사들을 유심히 살펴보며 내 기사와 비
교 분석한다.

- 다른 매체의 기사나 에세이, 인터뷰 등 장르를 아우를
  수 있는 글들을 찾아보고 공부한다.
- 글쓰기의 기쁨과 슬픔을 이해하고 공유할 수 있는 동지
  를 찾기 시작한다.
- 신예보다 노장들의 글을 찾아본다.
- 꾸준히 쓰기는 하지만 그게 좋은 결과로는 이어지지 않
  아 주저앉기도 한다.
- 개인적인 글쓰기에서 공적인 글쓰기로 시야와 관심사
  가 넓어진다.

'성숙 단계'의 특징은 20년 넘게 활동하고 있는 이봉
렬 시민기자에게 들을 수 있었다.

- 거리를 걷다가, 친구와 이야기하다가, 책을 읽다가, 뉴
  스를 보다가…… 언제 어디서든 기삿거리가 떠오르면
  일단 메모를 한다.

— 그렇게 모은 단편적인 정보들을 다양한 방법으로 직조해 하나의 기사로 만드는 과정을 즐긴다.

— 좋은 기사가 된다는 확신이 들면 취재 과정에서 시간이나 돈을 많이 써도 아깝지 않다.

— 독자 댓글에서 옥석을 고를 줄 안다. 악플은 가볍게 넘기고, 선플은 고맙게 받아들인다.

— 톱기사 배치, 댓글, 조회 수보다 공유 수와 독자 원고료에 좀 더 마음이 간다. 공유 수나 독자 원고료가 많으면 독자들의 지지를 얻었다는 느낌을 받는다.

— 직업기자들이 쓰지 않는 다양한 방식의 글쓰기를 시도해보려고 한다.

— 다른 매체의 기사를 읽으면서 그 속에 감춰두었을 이야기를 유추해보는 취미가 생긴다.

2021년 현재의 시민기자들 이야기가 16년 전 선배의 글과 정확하게 일치하지는 않지만 묘하게 겹쳐지는 게 신기했다. 그런데 혹시 눈치 채셨는지? 어느 단계에 있든 공통점이 있다는 것을. 그것은 바로 '성장하고 싶은 마음'이다.

'글 욕심이 생긴다', '조금 더 기사다운 기사를 쓰고 싶다', '개인적인 글쓰기에서 공적인 글쓰기로 관심사가 넓어진다', '직업기자들이 쓰지 않는 다양한 방식의 글쓰기를 시도해보고 싶다'는 마음들이 그 증거다. 지금보다 나아지고 싶은 마음, 도전해보고 싶은 마음.

시민기자들에게 오마이뉴스가 '샌드박스' 같은 곳이면 좋겠다는 생각을 했다. '샌드박스'는 드라마 〈스타트업〉에서 '스타트업에 뛰어든 이들이 덜 위험하도록 지원하면서 도전할 수 있게 응원하는 역할'을 하던 회사 이름이다. 스타트업 창업자들을 돕는 '샌드박스'의 멘토들처럼 나도 시민기자들에게 좋은 동료이자 조력자가 되어야 할 텐데…… 그러다 문득 이런 생각이 스친다. 편집기자에도 단계가 있다면, 나는 어느 단계에 와 있는 걸까.

읽고 쓰는 삶은 계속된다

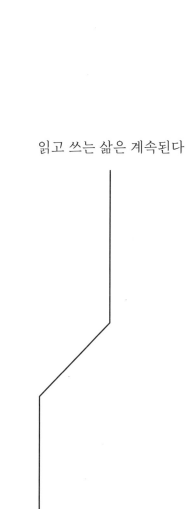

프로딴짓러들의 행복

　　시민기자들은 대부분은 '프로딴짓러'들이다. 장사를 마친 소상공인이 고단한 몸을 이끌고 하루를 정산하는 마음으로 글을 쓰고, 하루 종일 아이들에게 시달린 선생님이 늦은 밤 책상에 앉아 가르치는 일 대신 글을 쓴다. 주부들은 '육퇴'(육아 퇴근) 후 '혼맥'(혼자 마시는 맥주) 대신 육아에 지쳐 바닥을 드러낸 자신의 하루를 돌아보며 글을 쓴다. 더 나은 내가 되고 싶어 한 자라도 더 쓴다.

　　회사원, 연구원, 고등학생, 학교 밖 학생들, 방송작가, 학원 강사, 전업주부, 프리랜서 등 다양한 분야에서 많은 사람들이 본업이 아닌 일로 딴짓을 하는 공간이 바로 오마이뉴스다. 박초롱 시민기자의 책 《딴짓 좀 하겠습니다》에는 딴짓을 잘할 수 있는 노하우가 가득하다. 6년 가까이 잘 다니던 대기업을 그만두고 작은 사회적 기업에서 일하며 보고 듣고 배운 것들, 그리고 딴짓을 테마로 여러 사업을 펼치면서 알게 된 것까지 다채롭다. 시민기자를 '부캐' 혹은 '딴짓'으로 삼고 있는 이들이라면 다음과 같은 책 내용에 귀가 솔깃할 듯.

딴짓을 지속하게 하는 원동력은 의외로 소소한 '인정'에 있다. 커다란 성과 하나를 이루는 것보다 작지만 여러 번의 성공 경험을 쌓는 것이 전체 행복의 총량을 늘리는 데 좋다고 한다. (……) 인심도, 여유도 곳간에서 생긴다. 딴짓으로 돈 벌기를 기대하는 사람은 많지 않지만 수익이 생긴다면 그것을 지속할 힘은 훨씬 커진다. 반대로 딴짓을 할 때마다 지갑이 얇아진다면 아무리 좋아하는 딴짓이라도 계속하긴 힘들 것이다. 딴짓을 오래 하려면 딴짓으로 생긴 아주 소소한 수익을 얻으려 노력하는 게 좋다. 적어도 언젠가는 이것으로 돈을 벌리라는 희망을 가지는 것도 도움이 된다.

—《딴짓 좀 하겠습니다》(바다출판사, 2020)

박초롱 시민기자는 책을 내기 전에 〈프로딴짓러의

일기〉를 오마이뉴스에 연재했다. 나는 그에게 '사는 이야기'를 쓰면서 배운 점이 있다면 무엇이냐고 질문을 던졌다.

"내 이야기도 사람들이 보고 싶어 하는 콘텐츠가 될 수 있다는 걸 알게 되었어요. 그리고 꾸준히 쓰겠다고 약속하다 보니 자연스럽게 글쓰기 훈련이 되었죠. 기사와 일기는 다르잖아요. 기사는 다른 사람들이 모두 볼 수 있는 글이니까요. 글을 계속 쓰면서 자연스럽게 훈련이 되었어요. 글을 잘 쓰는 사람이 꾸준히 쓰는 게 아니라 자신의 부족함을 견딜 줄 아는 사람이 글을 쓰게 되는 것 같아요."

작가는 이 말에 덧붙여 "딴짓(글쓰기)하면서 돈도 벌어 좋다"고 했다. 시민기자 원고료가 높은 편은 아닌데, 이런 소소한 수익이라도 딴짓에 도움이 된다고 하니 송구할 뿐이다.

그런데 '딴짓하면서 돈도 벌어서 좋다'는 이 말, 어디서 들어본 말이다. '돌(아서면)밥' 하던 주부의 일상에 '시민기자'라는 딴짓으로 활력이 생겼다는 조영지 시민기자가 떠올랐다. 일상에서 일어나는 일을 글로 썼을 뿐인데 원고료까지 받아서 너무 좋다고, 꾸준히 열심히 써서 원고료를 모아 노트북을 사겠노라고 말이다. 딴짓해본 사람들은 이미 알고 있었던 것이다. '소소한 수익'이 딴짓을 오래 하게 만든다는 것을. 부디 두 분 모두 오래오래 시민기자로 남아주시길.

섬세하게 바라보기

경비 일을 하며 보고 느낀 점을 '경비일지'라는 타이틀로 연재하는 시민기자가 있었다. 그런데 주변에 그가 경비 노동자임을 당당히 밝히면서 글 쓰는 걸 신기하게 여긴 사람이 있었나 보다. 경비 일을 하는 게 자랑도 아닌데 무슨 글까지 쓰냐고 묻더란다. 경비로 일하는 것을 아내나 아이들이 창피해하지 않냐고 말이다. 그럴 수도 있겠다 싶어서 아내에게 실제로 그런지 물어봤다는 내용이 기사에 등장한다.

"내가 경비라는 거 부끄러워?"
"내가 부끄러울 건 없지. 그건 당신 몫이잖아."

―〈"글까지 쓰고······ 경비 일하는 게 무슨 자랑인가?"〉,

오마이뉴스, 2019년 12월 3일

임현철 시민기자는 이 기사에서 이렇게 말했다. 자신이 쓰는 경비일지는 "가장 낮은 자리에서 본 세상을 솔직하게 전달하려는 방편"이며 "인간은 누구나 정당한 방법으로 일해, 올바른 대가를 받으면서, 떳떳하게 살아가야 한다"고. 그가 "세상의 편견과 굴레로부터 벗어난 자유"를 느끼지 않았다면 쓰지 못했을 문장이다.

그가 지인의 말을 그저 불쾌하게 받아들이고 말았다면 어땠을까. 그가 자기 일에 대한 편견 어린 시선에 굴하지 않고 세상을 향해 반론을 제기할 수 있었던 이유는 무엇이었을까. 나는 그것을 '섬세한 알아차림'이라고 생각했다. 글을 쓰는 데 꼭 필요한 것이면서 시민기자들에게 자주 발견되는 특징이다.

시민기자로 활동하면서 책을 쓰고 작가가 된 분을 만나 이야기를 나눌 때였다. 그는 "작가는 머리 한쪽에 센서가 달려 있는 사람"이라고 표현했다. 그 센서에 불빛이 '반짝' 들어오는 순간 '아, 이건 써야 해' 하며 시동이 걸린다고 했다. "작가가 고단한 직업인 이유는 글감이 언제 찾아올지 몰라 늘 센서를 켜두어야 하기 때문"이라는 그의 말에 나는 조용히 고개를 끄덕였다.

시민기자도 그렇지 않을까. '글로 써야 하는 이야기'라는 것을 알아차릴 수 있는 힘은 '섬세함' 때문이다. 똑같은 경험을 하더라도 다른 사람은 느끼지 못하는 것을 나는 느끼는 '섬세한 알아차림'. 이렇게 잡아낸 글감으로 글을 쓰면 고유한 내 것이 된다.

〈사람들과 하룻밤, 나를 괴롭힌 건 코골이가 아니었다〉라는 제목의 기사를 쓴 전희식 시민기자도 그랬다. 역사 유적지 답사 일정을 마치고 돌아와 잠자리에 들었는데 같은 방 일행의 스마트폰 불빛 때문에 쉽게 잠들 수 없었던 그는 그때 느낀 단상을 글감으로 잡아냈다. 그는 작은 방 안에서 느낀 불빛 하나로 세상의 빛 공해를 이야기하는가 싶더니 지금 세상을 '과잉시대'라고 정의했다. 넘쳐서 결국 모자라는 시대라는 뜻이다.

"소비와 물질적 풍요와 생산이 넘쳐서 쓰레기가 넘치고 그래서 지구의 안위가 위험한 시대. 먹는 음식이 넘치다 보니 비만과 성인병과 병원비가 과도해지고 그래서 건강이 위태로운 시대. 택배 시스템이 과도하게 발달되고 너무 신속하게 배달되고 개인주의가 넘치다 보니 개별 포장도 넘치고 쓰레기도 넘치고 환경은 파괴되는 시대.”

　나는 '과꾑시대'라는 말을 이 글에서 처음 보았다. 그렇지만 그의 글을 읽으면서 “그렇네, 진짜 그렇네” 하고 맞장구를 쳤다.

　시민기자들이 '섬세한 알아차림'으로 쓴 기사는 주제나 표현이 신선하다. 직업기자들이 쓴 기사들과는 또 다른 매력을 느낄 수 있다. 이런 매력 때문에 많은 독자들이 '사는 이야기'를 쓰기 위해, 또 읽기 위해 오마이뉴스를 찾는 게 아닐까. 나도 시민기자들의 글 속에 숨어 있는 크고 작은 의미를 하나라도 더 찾아낼 수 있는 '섬세한' 편집기자이고 싶다.

썼다 지웠다를 반복하며

왜 그림을 그리는지에 대해 고민하지 않고, 답만을 찾아가는 여정에는 아무런 의미가 없어요. 어제 그린 그림이 좋았다면 무엇이 잘됐고, 무엇이 문제인지 생각하는 시간이 필요합니다. 뿌리가 없는 사람은 자랄 수가 없어요. 그렇기 때문에 역사와 전통에 대해 끊임없이 공부하고, 왜 이런 그림을 그려야 하는지 그 철학적 배경에 대해 돌아볼 줄 알아야 해요. 스스로만 우뚝 설 것이 아니라, 세상을 두루두루 껴안으면서 열심히 성찰해야죠.

― 〈임옥상 "왜 그렇게 땅과 흙을 그렸냐면……"〉,

오마이뉴스, 2019년 5월 19일

어디 그림만 그럴까. 김연정 시민기자가 임옥상 화가를 인터뷰한 이 기사를 보면서 생각했다. '사는 이야기'도 그렇지 않을까. 왜 쓰는지에 대해 고민하지 않고, 어떤 사안을 시간 순서대로 나열만 한다면 적어도 독자를 고려한 글로서는 그다지 의미가 없다. 무엇을 말하고자 하는지 알 수 없는 글도 마찬가지다.

물론 구구절절 있었던 일만 나열했는데도 현장 묘사나 대화의 전개가 어찌나 탁월한지 실제 내가 그 공간에 있는 것처럼 생생하게 느껴지는 글도 있다. 하지만 대개의 경우 '사는 이야기'를 쓰려면 내가 경험한 일이 왜 좋았는지, 혹은 왜 안 좋았는지를 독자들이 알 수 있게 써야 한다. 그 경험이 나에게 어떤 의미였는지를 찾아야 한다. 그것이 바로 성찰이다. 자기의 마음을 반성하고 살피는 일.

나만 아는 내 이야기가 아닌, '독자들에게 들려주고' 싶은 내 이야기를 쓰려면 어떻게 해야 할까. 임옥상 화가의 말에서 그 실마리를 찾았다. 그냥 성찰하는 것으로는 안 되고 그의 말대로 "열심히 성찰해야" 한다. 충분히 성찰하고 쓴 글은 쓴 사람뿐만 아니라 읽는 사람도 성찰하게 하는 힘이 있다.

육아에 대한 어려움을 기사로 쓴 두 시민기자가 있다. A 시민기자는 육아를 하며 힘든 일에 대해서만 있는 그대로 썼다. 기사를 검토하다 보니 고민이 되었다. '정말 힘드신 건 알겠는데…… 그래서?'라는 물음표가 생겼다. 마음에 남는 게 없는 글은 이처럼 공허하다.

B 시민기자는 육아를 하며 힘에 부치는 일이 생길 때마다 '왜 그런 거지?' 하면서 스스로에게 물었다. '나는 왜 이렇게 힘들지?' '무엇 때문에 이렇게 된 걸까?' 곱씹고 곱씹은 내용이 글에 담겼다. 내 모성이 부족해서가 아니라 가부장적인 사회가 낳은 문제라는 결론이었다. 썼다 지웠다를 반복하며 고르고 골라 썼을 문장 하나하나에 나부터도 공감이 갔다.

아이를 키워본 사람이라면 '아, 내가 힘든 이유가 이런 거였구나!' 알아차릴 수 있고, 아이를 키워보지 않은 사람이라면 '아, 그럴 수도 있구나' 생각해볼 수 있을 것 같았다. 남편들 또한 '우리 아내도 그럴 수 있겠구나' 혹은 '그랬겠구나' 하고 돌아볼 수 있을 것 같았다. 열심히 성찰한 글에서 느낄 수 있는 공감이다.

'나'를 되찾은 엄마들

어느 날 퇴근길에 영화 〈82년생 김지영〉을 봤다. 김지영(정유미 분)이 산후우울증 때문에 다른 사람으로 빙의하는 장면에서 여러 번 눈물이 터졌다. 하지만 영화관을 나와서도 계속 머릿속에 남은 장면은 노트북 앞에 선 김지영의 모습이었다.

그 장면에서 내가 떠올린 것은 '엄마'라는 이름의 시민기자들이었다. 편집기자로 일하면서 가장 반가운 사람들이었고, 또 그만큼 안타까웠던 존재들. 그들은 한겨울에 피어난 동백꽃 같았다. 활짝 피었다가 봄이 채 오기도 전에 송이째 떨어지는 동백꽃. 좋은 소재와 주제로 글을 쓰면서 탁월한 문장력까지 갖추고 있던 그들은 왜 그렇게 반짝하고 나타났다가 사라져야 했을까.

글을 쓰는 데 필요한 몇 시간조차 쉽게 허락되지 않는 게 엄마의 삶이었다. 아이가 너무 어려서, 아이가 아파서, 아이가 초등학교에 입학해서, 아이가 대학 입시를 앞두고 있어서, 양가 부모님이 편찮으셔서 등등 엄마의 손길은 쉴

틈이 없었다. 가족을 돌보는 시간은 끝이 없는데 정작 자기 자신을 돌볼 시간은 많지 않았다.

열심히 활동하다가 어느 날 갑자기 사라지는 시민기자들을 볼 때면 늘 그저 아쉬웠다. 가족 사이에서 '내 시간'을 내기가 얼마나 힘들고 대단한 일인지 알게 된 것은 몇 년 전 내가 그 입장이 되면서부터다. 내가 시민기자가 되어보니 비로소 알게 된 것이다.

언제부턴가 내 글을 쓰고 싶었던 나는 출근하면 시민기자가 쓴 글을 검토하는 편집기자였다가 퇴근하면 글을 쓰는 시민기자가 되었다. 그렇게 내 글을 쓰기 시작하면서 알게 되었다. 엄마 시민기자들이 기사 하나를 쓰기 위해 얼마나 시간을 쪼개 쓰고 잠을 줄였을지 말이다. 또한 잠을 줄여가면서까지 왜 그렇게 글을 쓰는지도 이해하게 되었다. 글 쓰는 것이 좋았으니까. 나 역시 아이들을 재우고 남는 시간에, 자야 할 시간을 줄여가며 글을 쓰는데도 그렇게 재밌고 좋을 수가 없었다. 엄마도 아내도 직장인도 아닌 '나'를 다시 찾은 기분이었다.

'글 쓰는 재미를 왜 지금에서야 알게 되었을까? 좀 더 빨리 쓸걸. 하다못해 일기라도 매일 쓸걸!' 후회가 밀려왔다. 밀려오는 후회만큼 더 열심히 썼다. 밤에도 쓰고, 새벽에도 쓰고, 지하철에서도 쓰고, 카페에서도 썼다. 주말 저녁 온 가족이 예능 프로그램 〈런닝맨〉에서 유재석과 이광수를 보고 웃을 때 나는 골방에서 키보드를 두드렸다.

내가 만난 엄마 시민기자들도 거의 비슷했다. 이혜선 시민기자는 경기도 용인에서 서울 상암으로 출퇴근하던 시절, 새벽 5시에 일어났다. 조금이라도 글을 쓰고 출근하기 위해서였다. 어떻게 그렇게 살았을까? 어떻게 그렇게 살 수 있었을까? 이혜선 시민기자는 "오히려 쓰지 않았으면 그 힘든 시간을 버틸 수 없었을 것"이라고 말했다. 글을 썼기에 버틸 수 있는 시간이었고, 글을 쓰면서 '엄마가 되기 이전의 나'를 다시 찾을 수 있었다면서.

엄마 시민기자들이 자신의 삶을 글로 쓰면서 가족

을 비롯한 주변 사람들에게도 변화가 생겼다. 오마이뉴스에 〈엄마의 이름을 찾아서〉, 〈나의 독박돌봄노동 탈출기〉를 연재한 송주연 시민기자는 결혼해서 아이를 낳고 일을 그만두면서 모든 가사 일을 요구받는 아내의 현실을 조목조목 따져 물었다. 좀 더 평등한 가정을 만들고 싶어서 시작한 글쓰기였는데 자신뿐만 아니라 남편의 모습도 조금씩 달라지기 시작했다. 이 연재기사들은 《엄마로 태어난 여자는 없다》는 제목으로 출간되었다.

〈페미니스트 엄마가 쓰는 편지〉를 연재한 이성경 시민기자도 편집기자와 만난 자리에서 이런 이야기를 들려주었다.

"오마이뉴스에 글을 쓰면서 제가 하는 생각이 저 혼자만의 생각이 아니라는 것을 확인할 수 있어서 좋았어요. 저는 남편에게 제가 쓴 글을 꼭 보여주거든요. 집에서 매일 하는 말인데도 글로 쓰면 좀 다르게 보이나 봐요. 글을 쓰기 전에는 남편하고 많이 싸웠거든요. 그런데 시민기자 활동을 하면서 좀 덜 싸우게 되었어요. 남편도 제 말을 흘려듣기보다는 귀 기울여 듣는 것 같고, 본인의 행동에 대해서도 신경을 쓰는 것 같아요. 그런 점에서 오마이뉴스에 글을 쓰는 게 여러 모로 도움이 많이 되었어요."

남편에게 수없이 말해도 통하지 않던 것이 글로 쓰니 전달이 되고, 전달이 되니 이해가 되고, 이해가 되니 행동이 바뀌더라는 이야기였다.

영화 〈82년생 김지영〉의 마지막 장면에서 나는 김지영이 글을 써 내려가던 노트북 화면에 오마이뉴스가 있으면 어땠을까 상상해봤다. 전국에 있는 '82년생 김지영'이 시민기자로 활동하는 일이 벌어진다면? 상상만 해도 너무 신나는 일이었다. 영화 속에 등장한, 서울대 공대를 나와 아이들에게 구구단을 가르쳐주는 엄마가 들려주는 자신만의 이야기도, 연기를 전공했지만 배우로 무대에 서지 못하고 아이들에게 실감나게 책을 읽어주는 게 전부인 엄마의 또 다른 이야기도 궁금했다.

글 쓰는 시간과 공간을 마련하려면 당연히 힘들겠지만 엄마 시민기자들이 자신만의 이야기를 버리지 않았으면 좋겠다. 직접 쓴 글로 타인에게 공감도 받고 스스로에게 위로도 받았으면 좋겠다. 지금도 잘하고 있다고, 불안해하지 말라고, 죄책감 갖지 않아도 된다고, 내 생각이 틀리지 않다고 자신을 토닥여주면 좋겠다. 잠시 떼어두었던 이름표를 찾았으면 좋겠다.

계속 써야 할까요?

"잘 쓰지도 못하는데 계속 써야 할지 모르겠어요."

일하고 육아를 하면서 없는 시간을 쪼개 기사를 쓰던 직장맘 시민기자였다. 한동안 그의 글이 보이지 않아서 안부도 물을 겸 연락을 했다. 그런데 답장 속 한 문장이 내 마음에 남았다. 저 한 줄이 목에 툭 걸려서 아무리 삼켜도 넘어가지 않았다.

글을 쓰는 사람이면 누구나 이런 생각이 들 것이다. 나도 편집기자로 일하면서 퇴근 후 짬짬이 글을 쓰지만 자신만의 이야기로 꾸준히 기사를 써서 독자들의 공감을 불러일으키는 시민기자들을 보면 부러울 때가 많았다.

'나도 이런 글을 쓸 수 있을까?' '나도 이런 문장을 쓸 수 있을까?' 마음이 허해질 때마다 기어이 속으로 내뱉고 마는 말들. 그러고 나면 한 글자도 쓸 수 없는 그런 날들이 내게도 있었다. 시민기자들의 글에서 내 마음을 통째로 흔드는 '마음에 남는 문장'을 발견할 때마다 나는 좌절했다. 내게는 없는 것에 질투가 났다. 배가 아팠다.

하지만 나는 안다. 수많은 시민기자들을 통해 알게 되었다. 무엇을 하든 '꾸준한 사람'은 못 이긴다는 것을. 물론 처음부터 잘 쓰는 사람도 있지만, 쓰다 보니 잘 쓰게 된 사람이 더 많았다. 자기만의 성취를 이룬 사람들을 보면 공통적으로 오랫동안 성실하게 썼다. 결국 책을 내고 작가가 되는 등 스스로 자기만의 역사를 만들어냈다.

그들이라고 고통스러운 시간이 없었을 리 없다. 힘들어도, 포기하고 싶어도 어쨌든 계속 썼으니 가능한 일이었을 것이다. 쓰다 보니 좋은 문장들도 생겨났겠지. 아닌 게 아니라 '쓰는 길'을 걸으면 얻는 것이 많아진다. 내 마음 보따리가 든든해진다. 내 글을 좋아해주는 독자가 한 명이라도 있다는 사실을 알게 되는 일은 생각만으로도 벅차다.

그뿐인가. 같이 글을 쓰는 사람들을 만나 울고 웃고 배우는 순간들도 생긴다. 그렇게 계속 쓰다 보면 내 글을 좋아하는 팬들도 생겨난다. 내 글이 누군가에게 선한 영향력을 주는 일도 가능해진다.

무엇보다 글을 쓰면서 나 자신이 꽤 좋은 사람이라는 것을 알게 된다. 글쓰기는 자신을 돌아보는 행위를 동반하기 때문에 글쓰기 이전의 나와 글쓰기 이후의 나는 다를 수밖에 없다. 현재는 과거의 모습을 통해 만들어지고, 미래는 현재의 모습이 반영된 결과라고 하지 않나. 글도 마찬가지다. 씀으로써 현재의 나, 미래의 나가 모두 달라진다. 쓰지 않으면 결코 일어나지 않을 일이다.

그러니 "잘 쓰지도 못하는데 계속 써야 할지 모르겠어요"라는 말에 내가 해줄 수 있는 답은 이것뿐이다.

"그 이야기는 기자님만 쓸 수 있으니 계속 써보세요."

물론 나에게 하는 말이기도 하다.

너무 잘하지 않아도, 가끔은 망해도

　'퇴근 없는 워킹맘의 일상 공감 에세이'라는 부제가 붙은 《엄마에겐 오프 스위치가 필요해》의 저자 이혜선 시민기자를 만났을 때 그는 말하기의 어려움에 대해 말했다.

　"책을 내고 강연을 해야 책도 팔린다는데 남들 앞에서 말하는 것에 전혀 소질이 없거든요. 긴장을 너무 많이 하는 스타일이라서……."

　이 말을 듣는데 강연과 관련한 나의 흑역사가 자동 재생되었다. 그의 고민이 내게도 너무 익숙했다. 출간을 하기까지도 힘들지만 출간 이후에 생기는 더 큰 고민. 바로 판매다. 출간은 저절로 판매로 이어지지 않는다. 저자가 최고의 마케터라는 말이 당연하다는 듯이 나오는 시대다. 강연 등을 통해서 내 책을 알리는 일, 이제 막 책을 낸 저자라면 누구나 겪는 어려움이다.

　이혜선 시민기자처럼 책을 냈거나 준비 중인 이들에게 어떤 이야기를 해주면 도움이 될까 고민하다가 떠오른 책이 바로 김하나 작가의 《말하기를 말하기》다. 말하기를 힘들어하는 사람들을 위해 쓴 이 책에 '강연에서 떨지 않는 법'이 나오기 때문이다.

　강연을 한 지도 오래 되었고 경험도 꽤 쌓였으니 나아질 법도 한데 그는 여전히 강연이 힘들다고 한다. 말하는 일이 쓰는 일보다 많아졌다는 작가도 강연를 할 때마다 "매번 기대와 다른 결과가 나온다"니……. 이제 막 책을 낸 저자들이 이 글을 본다면 '나와 다르지 않구나' 싶어서 위로가 되고, 용기도 생길 것 같았다.

　이 밖에도 작가의 엄마가 청중으로 참여했던 강연을 망친 이야기, 여성 작가들과의 모임에서 흘러나온 '너도 나도 망한 강연 이야기'가 버라이어티하게 펼쳐진다. 그러면서 작가는 강연에서 긴장을 푸는 마음가짐에 대해 이야기하는데, 무척 공감이 되었다.

　잘해야 한다는 강박이 밀려올 때마다 나는 '말을 잘하면 좋겠지만 잘하지 않아도 괜찮다, 나는 글을 쓰는 사람이니까'라고 되뇌었다. 이렇게 생각하면 쪼그라든 자존감이 조금 팽팽해지는 것 같았다. 중요한 건 독자에게 전달되는 작가의 진심이라고 생각하면서.

실제로 비교적 성공했다고 기억하는 강연은 내가 말을 잘해서가 아니었다. 강연에 함께하는 사람들 때문이었다. 나를 작가라고 불러주는 사람들, 내 책을 사주는 사람들, 내 말 한마디 한마디를 경청해주는 사람들, 내 이야기에서 느낀 점을 적고 물어보는 사람들 때문이었다. 그들을 위해서라도 흔들리는 정신을 붙들고 내가 해줄 수 있는 말을 한마디라도 더했을 때 보람이 있었다.

최근 몇 년간 여러 권의 책을 출간하면서 강연도 많이 하게 된 배지영 시민기자에게 이런 질문을 한 적이 있다.

"첫 강연을 앞둔 시민기자들에게 어떤 이야기를 들려주면 좋을까요?"

"사람들은 처음 강연을 하는 강연자의 떨림까지도 좋아해주는 것 같아요. 한길문고 상주작가로 일하면서 작가 강연을 많이 진행해보니 작가는 떨어도 괜찮더라고요. '아이, 저 사람 왜 이렇게 매너 없게 떨어?' 이런 게 아니라 '처음에는 떨 수 있어. 나도 그렇지'라고 생각하는 것 같아요. 작가의 말을 들으러 오는 사람들은 떨림을 용서 못하는 사람들이 아니니 떨어도 된다고 생각해요. 망했다고 생각하면? 다음에 잘하면 됩니다.(웃음) 강연에는 만능 버전이 없어요. 항상 업그레이드를 해야 하죠. 강연은 오는 사람에 따라서도 다르고, 분위기에 따라서도 다르고, 강사의 컨디션에 따라서도 달라요. 그러니까 강연은 그냥 한번 딛고 가는 거예요. 프로의 강연을 흉내 낸다고 해서 그 사람처럼 되지 않아요. 나는 그 사람이 아니니까요. 나는 나대로 잘할 수 있어요. 저도 한 번씩 강연을 망치기도 하지만 그다음을 계속 준비하면서 점점 자신감이 붙었어요. 지금은 제가 별말을 하지 않아도 웃는 사람들이 있다니까요."

　　　나는 나대로 잘할 수 있다. 나는 나대로 잘할 수 있다……. 주문처럼 외우고 싶은 말이다.

불편한 세상을 바꿔보려고

때는 2017년 2월 25일. 우연한 만남은 아니었다. 주말마다 광화문에서 '박근혜 탄핵 촛불집회'가 열리던 그즈음, 내가 촛불집회 거의 막바지에 겨우 합류할 수 있었던 것은 100퍼센트 이창희 시민기자 덕분이었다.

포항에 사는 그는 촛불집회에 자주 참석했다. 안부 삼아 메시지를 보냈는데 "광화문에서 코코아 한잔하자"는 반가운 답장이 도착했다. 나는 딸아이와 함께 광화문으로 향했다.

뉴스로만 보고 듣던 '물밀듯'이라는 표현이 무엇인지 온몸으로 실감한 그날, 인파를 헤치고 어렵게 이창희 시민기자를 만났다. 그와 함께 차를 한잔 마시고 광화문 한복판에서 촛불을 들었다.

얼마 지나지 않아 박근혜 대통령이 파면된 뒤 구속되었고 문재인 정부가 들어섰다. 종종 눈에 띄던 이창희 시민기자의 기사도 점점 보이지 않았다. 그 무렵 그와 우연히 전화 통화를 하게 되었다.

"기자님, 요즘 왜 기사 안 쓰세요?"

"아…… 제가 좀 뜸했죠? 그런데 이젠 불만이 없어서 기사를 못 쓰겠어요."

"네?"

"전에는 답답하고 화나는 것들이 있어서 기사를 쓰고 싶었는데, 박근혜가 탄핵되고 문재인 정부가 들어서고 하니…… 화나는 게 별로 없어서 기사를 못 쓰겠어요. 이렇게 평화로운데 뭘 쓰죠?"

그때 깨달았다. 많은 시민기자들이 그렇다는 것을. 그래 왔다는 것을. 많은 시민기자들이 '프로불편러'였다. 다른 사람은 의식하지 못하는 불의나 부조리도 그냥 넘기지 않았고, '틀린 것은 틀렸다'고 지적했으며, 정부의 실책이나 무능에 대해서는 '이건 아니다'라고 일침을 가하는 기사를 썼다. 비록 나는 피해를 입었지만 내 뒤의 다른 사람들은 같은 피해를 당하지 않게 하려는 마음으로.

중년의 나이에 가정 내 성역할이 바뀌면서 변화한 부

부 이야기나 지구가 이대로 죽어가는 것을 볼 수 없어 쓰는 환경 이야기, 공장식 축산에 반대하며 채식을 실천하는 이야기 등 나만 겪는 일이 아닌 것 같아서 알리려고, 불편한 것을 좀 바꿔보려고 글을 쓰는 시민기자들.

내가 '프로불편러' 시민기자를 반갑다고 하는 이유다. 좀 더 나은 세상을 만드니까. 글로 세상을 바꾸는 일, 마음만 먹으면 누구나 가능하다.

모든 시민은 기자다

    기사를 처음 쓰는 시민기자였다. 그는 출산 이후 모처럼 두 아이를 데리고 긴 휴가를 떠났는데 유럽의 박물관 등 공공기관에서 좀처럼 수유실을 찾기 힘들었다. 프랑스 루브르박물관에도 수유실이 없기는 마찬가지. 사정이 여의치 않아 'closed(닫힘)' 표시가 걸린 화장실에서 수유를 하다가 생긴 일을 실감나게 썼다. 문장도 안정적이고 재미도 있고 공감 가는 내용이었다. 그런데 글을 검토하는 내내 의문이 생겼다.

    '다른 곳도 아니고 루브르박물관인데 정말 수유실이 없을까? 박물관이 너무 넓어서 혹은 의사소통이 잘 되지 않아서 못 찾은 건 아닐까? 그런데 이걸 어떻게 확인하지? 기사에 수유실이 없다고 나갔는데, 나중에 사실과 다르다고 밝혀지면 큰일인데……'

    시민기자를 믿고 못 믿고의 문제는 아니었다. 기사 내용이 사실인지 확인이 필요했을 뿐이다. 그것이 편집기자인 내가 해야 하는 일이니까. 일단 루브르박물관 온라인

사이트에 접속했다. 서비스 언어를 '영어'로 선택한 뒤 수유실 관련 정보를 뒤지기 시작했다. 하지만 내가 원하는 내용은 좀처럼 눈에 띄지 않았다.

그러다 갑자기 이런 생각이 들었다. '루브르박물관이 어떤 곳인가. 세계적으로 유명한 관광지 아닌가. 나는 비록 못 가봤지만 페이스북 친구들 중에는 가본 사람이 있을 테니 어쩌면 알 수도 있지 않을까?' 나는 주저 없이 페이스북에 글을 올렸다.

"프랑스 루브르박물관에 수유실이 없나요?(가본 적이 없어서 궁금한 1인이 아니고 수유실이 없다는 기사가 들어왔는데, 진짜인지 확인이 필요한 1인)"

"모르겠다"는 답변부터 "수유실엔 관심이 없는 1인", "수유실을 요구하면 마련해줄 것 같은 프랑스에 대한 막연한 기대감이 있다"는 답변까지 다양한 댓글이 달리기 시작했다. 그렇지만 정작 수유실의 존재 여부를 아는 사람은 없었다. 그때 막 올라온 댓글 하나를 발견했다. 오마이뉴스에서 시민기자로 활동하는 분이었다.

"일단 박물관에 물어보고 연락드릴게요."

네? 루브르박물관에 바로 물어본다고요? 와, 이거 실화냐, 하는 생각이 절로 들었다. 그리고 거의 실시간 댓글로 '보고'가 이어졌다.

"일단 통화 중이니 조금만 기다려주세요."

"계속 통화 중이라 메일을 보내놓기는 했어요. 연락 오는 대로 회신할게요."

"방금 통화 완료!"

그야말로 일사천리였다. 그가 확인해준 내용은 놀라웠다.

"단호하게 없다네요. 수유실은 없다고요. 그래서 수유를 할 수 있는 특별한 공간이 없냐고 물었더니 미안하다면서도 단호하고 쌀쌀맞고 당당하게 '없다'고 해요. 역시 프랑스! 그런데 수유 공간이 없다는 것에 대해 그다지 문제의식을 갖는 것 같지는 않았어요. 말투가 엄청 당당했거든요."

나는 그에게 고맙다는 말을 연거푸 해야 했다. 내가 감동한 것은 그의 영어 실력 때문만은 아니었다. 박물관에 전화를 걸어 직접 확인해보겠다는 그의 생각에 놀랐다. 나는 왜 거기까지 생각하지 못했을까.

편집기자가 해야 하는 중요한 업무 중 하나가 바로 팩트 체크다. 기사의 내용이 사실인지 아닌지를 확인하는 것이다. 기자는 독자를 대신해서 사실 관계를 확인하고, 검증된 사실을 전해주는 사람이다. 시민기자가 그 일을 멋지게 해낼 때 나는 다시 한번 '모든 시민은 기자다'라는 명제를 떠올린다. 그 말은 진정 옳다.

'쓰는' 마음과 '편집하는' 마음

참 성가시다. 가끔은 글을 쓴다는 것이 그렇다. 책을 읽고 난 소감을 쓴다는 것은 더욱. 그런데도 왜 쓰려는 것일까? 95퍼센트의 성가심을 상쇄하고도 남을 5퍼센트의 감동(의 여운) 때문이리라. 감동을 글로 옮기는 작업은 늘 버겁다. 일단 책을 다시 읽었다. 가슴 멍했던 장면에서 다시 가슴이 멍해진다.

— 〈내 인생에 들어온 강아지, 그것도 네 마리나〉,
오마이뉴스, 2019년 7월 11일

서평을 쓰는 일이 얼핏 쉬워 보이지만 사실은 그렇지 않다는 것을 나도 쓰면서 알았다. 왜 이 책을 읽게 되었는지, 어떤 내용인지, 마음에 남은 대목이 무엇이며 그 이유가 무엇인지 세세하게 살피는 것은 생각처럼 쉬운 일이 아니다.

그런데도 많은 사람들이 서평을 즐겨 쓰는 이유는 무엇일까? 안준철 시민기자의 표현처럼 "95퍼센트의 성가심을 상쇄하고도 남을 5퍼센트의 감동(의 여운) 때문"일 수도 있고, 이런 책은 반드시 알려야 한다는 사명감 때문일 수도 있다. 어떤 이유 때문이든 시민기자들은 더 많은 사람들에게 '알리고' 싶은 마음에 서평을 쓸 것이다.

서평 기사를 편집할 때 독자들이 읽기에 적절하다고 생각하는 분량은 원고지 20매 내외다. A4 분량으로 치면 두 장 정도에 해당한다. 그런데 안준철 시민기자가 쓴 〈내 인생에 들어온 강아지, 그것도 네 마리나〉의 경우 내용은 좋았지만 분량이 너무 길었다. 그래서 글을 조금 줄이면 좋겠다고 요청을 드렸다. 그런데 그는 내가 덜어내자고 제안한 부분을 꼭 살리고 싶어 했다. 그 부분이 빠지면 '성의 없는 서평이 될 것 같아서 마음이 무겁다'는 이유였다. 내 마음도 덩달아 무거워졌다. 나도 최대한 살리고 싶은데…… 그러면 어떻게 편집을 해야 하나.

한참 고민하고 있는데, 다음날 연락이 왔다. 분량에 맞게 글을 전체적으로 수정했다며 다시 편집을 부탁해온 것이다. 이럴 경우에는 기사 검토를 처음부터 다시 해야 한다. 두 번 일을 하게 되었지만 괜찮았다. 글을 수정해 보내면서 그가 남긴 메시지에는 상대를 배려하는 마음이 잔뜩 묻어 있었기 때문이다.

"어제 제 글로 번거롭게 해드려 정말 죄송합니다. 편집자 입장에서의 어려움을 충분히 이해하고 죄송한 마음입니다. 너무도 죄송하지만 한 번 더 부탁드립니다."

한 편의 기사를 편집할 때 적절한 분량과 제목, 편집 방향, 수정 사항 등은 편집기자가 판단하지만, 결국 그 기사는 시민기자의 이름을 달고 나간다. 그러니 최대한 글을 쓴 시민기자의 입장을 고려해서 기사를 검토하고 편집하려고 노력한다.

간혹 기사 편집에 대한 나의 진심이 오해를 받거나 전달이 잘 되지 않을 때도 있다. 그럴 때 밀려드는 속상한 마음은 뭐라 말로 표현하기 힘들다. 잘하고 싶어서 그런 거니까. 그런데 그 '잘'의 기준도 상대적이라서 나의 '잘'과 시민기자의 '잘'이 다를 수 있다는 사실을 헤아리지 못하던 시절이 있었다. 내가 편집한 글이 더 완성도 높은 기사가 될 수는 있지만 글쓴이의 입장에서는 '내 글'이라는 생각이 들지 않을 수도 있다는 것을 미처 헤아리지 못했다.

편집 경험이 부족했던 입사 초기에는 이 완급 조절을 제대로 하지 못해 어려움도 겪었다. 내 판단이 더 낫다고 믿었기에 어떻게든 시민기자를 설득하려고만 했다. 그런데 이 일을 하면 할수록 알게 되었다. 내가 원하는 방향으로만 기사를 편집하고 완성하려는 것 자체가 어쩌면 내 욕심일지도 모른다는 것을.

지금은 기사를 쓴 사람의 입장에서 한 번 더 생각해보려고 노력한다. 시민기자가 수정을 원치 않을 경우에는 그 이유가 무엇인지 잘 듣고, 글 자체만을 놓고 판단해보려고 애쓴다. 그랬더니 시민기자가 글을 쓴 마음에 대해 한 번 더 생각하게 되었다. 왜 이 글을 썼을까? 그렇게 글쓴이의 의도를 떠올리며 편집하는 습관이 생겼다. 시민기자가 글을 쓴 의도보다 내 판단이 더 크게 작용하지 않도록 말이다.

잘 읽는 사람이 되기 위해

《당신이 글을 쓰면 좋겠습니다》라는 제목의 책을 보고 반가웠다. 글 잘 쓰는 시민기자를 발견했을 때의 내 마음과 똑같았기 때문이다.

이 책의 지은이는 홍승은 작가다. 그는 '개인의 삶이 어떻게 좋은 이야기가 될 수 있는지' 자신의 경험을 통과한 작법들을 친절하게 알려준다. 그 어떤 말이나 시선에도 주눅 들지 않고 '너도 쓸 수 있어'라고 용기를 불어넣어 준다. 그럴 리 없겠지만, 어떻게 하면 잘 읽을 수 있는지, 잘 읽는 일이 왜 중요한지를 말하는 대목에서는 마치 나를 염두에 두고 한 말처럼 너무나 와닿았다.

쓰는 이의 뼛속 깊은 이야기를 끌어내는 힘은 잘 읽고 듣는 공동체에 있다. '나는 어떻게 잘 읽는 사람이 될 것인가'에 대한 고민이 필요한 이유다. 게다가 글을 잘 쓰기 위해서 잘 읽어야 한다는 사실은 많은 작가가 말하는 쓰기의 비법이기도 하다. 좋은 문장과 좋은 사유를 읽으며 곱씹다

보면 어느새 내 몸에 글이 배고, 세상을 보는 관점을 길러
낼 수 있고, 같은 내용을 보다 정확하게 전달하는 방식을
익힐 수 있으니까.

—《당신이 글을 쓰면 좋겠습니다》(어크로스, 2020)

이 대목을 읽으면서 작가가 말한 "잘 읽고 듣는 공동
체"가 바로 오마이뉴스가 아닐까 생각했다. "잘 읽고 듣는"
일은 편집기자의 역할을 말하는 것처럼 들렸다. "좋은 문장
과 좋은 사유를 읽으며 곱씹다 보면 어느새 내 몸에 글이 배
고, 세상을 보는 관점을 길러낼 수 있다"는 작가의 말에도
크게 공감했다.

바로 내가 그 증인이기 때문이다. 그래서 시민기자의
글을 읽고 편집하는 일이 단지 일로만 느껴지지 않았는지
도 모르겠다. 내가 글을 쓰는 데도 도움이 된다는 마음으로
읽었으니까. 가수 오디션 프로그램에서 심사위원들이 참가
자의 목소리를 잘 들으려고 이어폰을 귀에 더 깊숙이 끼워

넣거나 소리에 집중하기 위해 눈을 감는 것처럼, 나도 더 잘 읽기 위해 의자를 당겨 자세를 고쳐 앉거나 모니터를 얼굴 가까이 끌어온다.

주어와 서술어의 호응이 잘 맞는 문장인지, 맞춤법이 틀린 곳은 없는지, 문장 부호는 맞게 썼는지, 사실 관계가 맞는지, 문단이 잘 나눠져 있는지, 주장에 근거가 있는지, 인용한 글의 출처는 정확한지, 적절한 어휘를 구사했는지, 반론이나 공격을 받을 만한 단정적인 표현은 없는지, 어떤 이미지가 들어가면 좋은지, 제목으로 끌어올릴 만한 표현은 뭐가 있는지 등을 고려하며 읽느라 머릿속이 분주하다. 모르는 단어가 나오면 사전을 찾고(가끔은 아는 단어도 한 번 더 확인하려고 찾는다), 모르는 주제를 이야기하면 검색을 해서 정보를 확인한다. 내용을 잘 알 만한 사람에게 물어보기도 한다.

초벌 편집이 끝나면 한 번 더 소리 내서 읽어도 본다. 너무 오래 앉아 있었다 싶으면 자세를 바꿔보거나 서서 읽어보기도 한다. 영 집중이 안 될 때면 잠시 시간을 두었다가 다시 읽어보기도 한다. 조금이라도 더 잘 읽으려는 소소한 노력들이다.

글쓴이의 표정까지 읽을 수는 없겠지만 단어와 조사, 서술어, 문장과 문단에 담긴 글쓴이의 의도를 세심하게 살피려고 한다. 잘 읽어야 잘 판단할 수 있으니 그 기본을 소홀히 할 수 없다.

오마이뉴스에 글을 쓰세요

기사 한 편을 읽었다. 〈90년대생 작가들의 '글쓰기 혁명'이 시작된 곳은 '어딘'가…… 이슬아·이길보라·이다울 북토크〉라는 제목의 경향신문 기사였다. '어딘'이라고 불리는 김현아 작가가 운영하는 '어딘글방'에서 이들 90년대생 작가들이 그에게 글을 배우고 썼다는 이야기였다. 《부지런한 사랑》을 낸 이슬아 작가와 《해보지 않으면 알 수 없어서》의 이길보라, 《천장의 무늬》의 이다울 작가는 내게도 익숙한 이름이었다.

기사를 보며 오마이뉴스 시민기자 출신의 글쓰기 선생님 두 명을 떠올렸다. 바로 은유 작가와 배지영 작가다. 은유 작가는 내가 막 입사했던 2003년 즈음, 그러니까 오마이뉴스 초창기에 활동하던 시민기자였다. 오래전 일이라 다소 희미한 기억이긴 하지만 활발히 활동하다가 어느 날 갑자기 사라졌던 것 같다. 훗날 작가를 만나 그때의 이야기를 물었더니 그는 웃으며 이렇게 말했다.

"오마이뉴스 시민기자 활동을 통해 내가 글을 어느

정도 쓰는지 확인했다고 생각했어요. 그래서 떠났어요."

　그 후 그는 글쓰기와 강의로 생계를 잇는 글쓰기 노동자로 살았다. 2012년 《올드걸의 시집》이라는 첫 에세이를 시작으로 여러 권의 책을 냈다. 《글쓰기의 최전선》, 《쓰기의 말들》, 《싸울 때마다 투명해진다》, 《출판하는 마음》, 《다가오는 말들》, 《알지 못하는 아이의 죽음》 등을 출간하면서 지금은 많은 이들에게 사랑받는 작가가 되었다.

　내가 은유 작가와 다시 인연이 닿은 것은 책이 아니라 시민기자들 덕분이었다. 어느 날 갑자기 문장도 내용도 거의 손볼 데 없이 글을 잘 쓰는 시민기자가 등장했을 때, 반가운 마음에 "어디서 무슨 일을 하시다가 이렇게 글을 보내게 되셨어요?"라고 질문하면 "사실 은유 작가님이 오마이뉴스에 한번 보내보라고 하셔서……"라는 답이 돌아왔다.

　《나는 겨우 자식이 되어간다》를 낸 임희정 시민기자도, 《명랑한 중년, 웃긴데 왜 찡하지?》를 낸 문하연 시민기자도, 《내가 힘들었다는 너에게》를 낸 신소영 시민기자도,

《인생은 단짠단짠》을 낸 심혜진 시민기자도, 《나이 들면 즐거운 일이 없을 줄 알았습니다》를 낸 전윤정 시민기자도 모두 은유 작가의 제자라고 수줍게 밝혔던 사람들이다. 내가 기억하는 이름들만 해도 이 정도. 물론 내가 미처 기억하지 못하거나 모르고 지나간 분들까지 포함하면 그 수는 더 많을 것이다.

기사 목록에서 좋은 기사를 발견할 때마다 시민기자들의 출신(?)을 확인한 편집기자들은 농담처럼 말했다. "이 정도면 은유 작가님에게 밥 한번 사드려야 하는 거 아니에요?" 실제로 편집기자들과 같이 은유 작가를 만나 한두 번 점심을 함께했다. 오마이뉴스를 잊지 않고, 학인들에게 '공적인 글쓰기'로 한발 나아가는 데 도움이 될 만한 곳으로 오마이뉴스를 추천해준 것이 너무 고마웠기 때문이다. 은유 작가에게 왜 오마이뉴스를 추천했는지 그 이유를 직접 물어보았다.

"글쓰기 수업이 끝나고 나면 글쓰기 연습을 하기가

어려워요. 느슨해지거든요. 그래서 수강생들에게 오마이뉴스를 추천했어요. 내가 오마이뉴스 시민기자로 활동했을 때 원고료가 쏠쏠하기도 했고(웃음) 무엇보다도 공적인 장에서 글쓰기를 하게 된다는 의미가 큰 것 같아요. 객관적인 평가를 받게 되니까요. 오마이뉴스는 다른 매체에 비해 진입장벽도 낮고요."

　　　은유 작가는 글쓰기 수업을 듣는 학인들에게만 시민기자 활동을 권한 게 아니었다. 그는 자신의 책에도 오마이뉴스를 자주 언급했다. 소리 없이 우리를 응원해주는 작가의 사려 깊은 배려가 고마웠다.

　　　배지영 작가도 고마운 사람이다. 그는 2001년에 오마이뉴스 기자회원으로 가입하고 기사를 쓰기 시작했다. 2003년에 입사한 나는 배지영 작가와 연락할 일이 많았다. 기사를 편집하다가 또는 청탁할 글이 있으면 메시지를 보내고 전화를 걸었다. 청탁을 할 때마다 바쁘다며 거절하는 경우가 더 많았지만, 나는 굴하지 않고 연락을 했다. 그가 계속 글을 썼기 때문에 가능한 일이었다.

배지영 작가는 오마이뉴스에 연재한 기사로 《우리, 독립청춘》, 《소년의 레시피》를 출간했다. 서른이 넘어 시작한 그의 글쓰기는 마르지 않는 샘 같았다. 2020년에만 세 권의 책을 펴냈다. 동화집 《내 꿈은 조퇴》, 군산의 역사와 문화를 담은 《군산》, 그리고 군산 한길문고에서 상주작가로 일한 이야기를 담은 《환상의 동네서점》까지.

이 중에서 《환상의 동네서점》은 나에게도 의미 있는 책이다. 이 책에 등장하는 몇몇 사람들이 실제로 시민기자가 되어 활동하고 있기 때문이다. 배지영 작가는 2018년 11월 상주작가 활동을 시작하면서 크고 작은 일들을 벌였다. '에세이 쓰기반'도 그중 하나. 그는 수업에 참여한 이들에게 글쓰기 노하우를 가르치면서 오마이뉴스에 글을 쓰라고 말해주었다.

사람들은 배지영 작가의 선의가 좋으면서도 의심하고 궁금해했다고 한다. 그래서 이렇게 묻기도 했단다. "글쓰기 노하우를 이렇게 자세히 알려주면 작가님 손해 아닌가요?" 배지영 작가는 질문하는 이들에게 이런 이야기를 해주었단다.

"저는 정말 맨땅에 헤딩하고 시행착오도 많이 겪으면서 글쓰기를 배웠어요. 제 수업을 듣는 사람들은 그러지 않도록 그 시간을 많이 줄여주고 싶어요. 헤맬 시간에 더 많이 쓰고, 빨리 책도 내면 좋겠어요."

그의 바람대로, 에세이 수업을 들은 사람들은 오마이뉴스에 기사를 쓰고, 그 글을 모아 책을 내고, 생애 첫 출판기념회도 열었다.

독립출판으로 첫 책 《77세, 머뭇거릴 시간이 없습니다》를 낸 이숙자 시민기자는 배지영 작가를 만나 70대 자신의 삶이 완전히 달라졌다고 했다. 그는 기사에서 "배지영 작가를 만나 에세이 수업을 하고 글을 쓰면서 나의 삶의 방향이 변하고 반짝이는 나 자신도 만났다"라고 말했다.

출판 컨설팅만 해주고 고액의 비용을 받는 곳도 있다

던데, 배지영 작가는 정말 왜 이렇게까지 하는 걸까? 그가 진행하는 '에세이 쓰기반'은 심지어 수업료도 받지 않는다. 그래서 이번에는 내가 물었다.

"바쁘고 힘든데, 그렇다고 돈 버는 일도 아닌데 왜 이렇게까지 하는 거예요?"

"힘들죠. 정말 힘든 일도 많았어요. 하지만 또 책이 나오는 걸 보면 좋잖아요. 그런 마음에 하는 것 같아요. 시민기자들이 책을 내면 편집기자도 좋지 않아요?"

"좋아요. 정말 좋죠."

"저도 그런 마음인 것 같아요."

어딘가에 오마이뉴스 시민기자 출신 글쓰기 선생님들이 있다면 그분들에게도 응원의 말과 감사의 인사를 전하고 싶다.

우리의 글이 함께 반짝일 때

"최은경 기자님, 연재는 보통 언제 끝내나요? 저……
이번에 쓴 글을 마지막으로 연재 그만하려고요."

오마이뉴스에 〈쓸고 닦으면 보이는 세상〉을 연재하
던 최성연 시민기자였다. 첫 기사부터 내가 점찍은 그였다.
글이 좋았다. 못 보던 내용이었다. 유행하는 말로 '찐'(진짜)
이 나타났다고 생각했다. 50대 고학력 예술인이 안정적인
돈벌이를 위해 자발적으로 청소 노동자가 된 이야기였다.
안 그래도 기사가 뜸해서 걱정했는데 갑자기 연재 중단이
라는 말을 듣게 될 줄은 몰랐다.

"어머, 정말이요? 안 돼요. 기자님!" 하면서 호들갑을
떨지는 않았다. 연재를 예상보다 일찍 끝내게 된 것에 대해
기자님이 더 미안해하는 것 같아서 "전혀 없는 일도 아니니
괜찮다"라고 말했다. 너무 아무렇지 않게 말해서 어쩌면 조
금 서운했을지도 모르겠다.

열심히, 그것도 잘 쓰는 시민기자에게 "이제 기사를
그만 쓰겠다"는 말을 듣게 될 때가 있다. 익숙해질 법도 한

데 들을 때마다 당혹스럽다. 얼굴을 마주한 자리에서 그런 이야기를 들으면 그다음 말을 어떻게 이어가야 할지 난감하다. 어색한 침묵을 견디기 힘들어서 '아무 말 대잔치'를 하고는, 돌아서서 '왜 그랬을까' 자책하고 후회한 적도 많다.

이제는 당황하지 않는다. 누가 먼저 말을 꺼내나 싶은 마음이 쌓여가는 침묵의 시간도 잘 넘길 줄 안다. 은유 작가가 자신의 책《다가오는 말들》에 썼듯이 "침묵은 정지의 시간이 아니라 생성의 시간"이니까. "무슨 말이든 하고 싶지만 아무 말이나 하지 않으려 언어를 고르는 시간"이 침묵이기도 하다는 것을 나는 그의 글에서 배웠다.

최성연 시민기자가 연재를 그만두겠다는 말을 꺼낸 날도 침묵의 순간을 몇 번이나 넘겼을까. 내가 고른 언어는 질문이었다.

"'사는 이야기'를 쓰는 시민기자 분들께 꼭 묻고 싶은 게 있어요. '사는 이야기'를 쓰는 동안 기자님은 무엇을 배우신 것 같나요?"

최성연 시민기자는 어려운 질문이라면서 바로 대답을 하지 않았다. 나는 괜찮다고, 다음에 생각나면 꼭 알려달라고 했다. 하지만 자리를 옮겨 이어진 대화에서 그 대답을 들을 수 있었다.

　　"제가 뭐라고…… 제 글을 보고 지인이 이런 말을 했어요. 나도 힘들지만, 너를 보고 견딘다고. 제 글이 누군가의 삶에 조금이라도 영향을 준다는 걸 '사는 이야기'를 쓰면서 알게 된 것 같아요."

　　나도 그런 경험이 있다. 최다혜 시민기자가 오마이뉴스에 연재한 〈최소한의 소비〉를 읽으며 나의 소비를 돌아보았다. 돌아보는 것에서 그치지 않고 행동으로 옮겼다. 주말에 두 번 외식할 것을 한 번으로 줄였다. 한 번 갈 때마다 10만 원은 거뜬히 넘기는 대형마트에 가지 않고 동네마트에서 1만 5000원 이내로 소소하게 장을 봤다. 최다혜 기자의 장보기 습관을 내 생활에 적용해본 것이다. 무리하지 않고 가능하면 요리 재료와 과정을 간소화해서 가족들과 맛있게 먹었다. "엄마가 했지만 너무 맛있지 않니?" 이렇게 추임새도 마구마구 넣으면서. 외식보다 나은 한 끼, 잘 먹었다고 스스로 만족하면서.

'사는 이야기'의 영향력은 독자의 행동을 바꾸는 데서 그치지 않는다. 직접 글을 쓰게도 한다. 얼마 전 첫 기사를 쓴 한 시민기자가 취재 경위에 이런 글을 남겼다.

바리스타 일을 시작한 지 1년 반이 지났습니다. 오마이뉴스에서 연재하는 카페 주인의 글을 재밌게 읽었습니다. 주인장으로서의 카페와 회사원으로서의 카페가 많이 다른 것 같아 직접 경험을 토대로 작성했습니다.

'나도 한번 써봐야겠다'고 그의 마음을 움직인 글은 카페 사장인 이현웅 시민기자의 연재기사 〈그곳에 그 카페〉였다. 이현웅 시민기자가 뿌린 씨앗을 새로운 시민기자가 잘 받아서 '바리스타의 사는 이야기'라는 새로운 싹을 틔운 것이다. 시민기자가 씨앗을 뿌리고 또 다른 시민기자가 싹을 틔우는 일은 지금 이 순간에도, 어딘가에서 계속 벌어지고 있을 것이다.

오마이뉴스는 언제 어디서든 누구나 이용할 수 있는 열린 플랫폼이다. 그러니 오마이뉴스 편집기자인 나는 어딘가에서 씨앗을 받아 뿌리내리기 시작한 소중한 싹들을 잘 가꾸고 열매를 맺게 해야지. 오래오래 푸르게 오마이뉴스라는 숲에서 잘 자랄 수 있도록.

아직은 좋아서 하는 편집

1판 1쇄 펴낸날 | 2021년 12월 13일

지은이 최은경
펴낸이 오연호
편집장 서정은 편집 김초희 관리 문미정

펴낸곳 오마이북
등록 제2010-000094호 2010년 3월 29일
주소 서울시 마포구 월드컵로14길 42-5 (04003)
전화 02-733-5505(내선 271) 팩스 02-3142-5078
홈페이지 book.ohmynews.com 이메일 book@ohmynews.com
페이스북 www.facebook.com/Omybook

책임편집 김초희
디자인 여상우
인쇄 천일문화사

ISBN 978-89-97780-50-1 03810

오마이북은 오마이뉴스에서 만드는 책입니다.